古艺

冯骥才 著

浙江文艺出版社

目 录

古 艺

- 3 南乡问画记
- 10 探访缸鱼
- 18 武强屋顶秘藏古画版发掘记
- 40 大理心得记
- 64 㑩家·反排·郎德
- 76 王老赏
- 83 内丘神码
- 93 追寻盘王图
- 116 细雨探花瑶
- 123 手抄竹纸
- 130 邂逅苗画
- 134 草原深处的剪花娘子
- 142 执意的打捞

150	绵山彩塑记
156	活着的木乃伊
161	天后宫剪纸
168	东丰台年画
176	杨家埠的画儿
184	四访杨家埠
193	废墟里钻出的绿枝
200	豫北古画乡探访记
223	三地年画目击记
234	贺兰人的唱灯影子
241	倒提金灯曲
245	一个古画乡的临终抢救

古艺

南乡问画记

几天来天阴沉着脸。今晨车子驶出杨柳青镇,忽然飘下雪来。雪花小且密,沙沙地拍打车窗,窗外景物立时变得一片模糊。待进入炒米店一带,地上已经匀匀地涂了一层冰冷的白,更显出这昔时画乡今日之寥廓。一时,我们车上"杨柳青年画抢救小组"的诸位成员,都陷入了一种历史的茫然。

在一百年前,杨柳青镇骄傲地作为闻名天下的画乡时,这镇南三十六村(亦称"南乡")乃是镇上大大小小的画店或版印或手绘的加工基地。所有农人几乎都画一手好画。每个家庭都是"婆领媳做"的手工作坊。人们所说"家家能点染,户户善丹青"就是指这南乡而言。当年这南乡年画的集散地炒米店村,专事营销年画的店铺竟达到一百多家,可见气势之盛!然而这曾经草绿花红的"神奇的土地"因何渐变得荒芜了?

近年来,我几次到南乡考察寻访民间画师。一次在张窝,居然连个艺人的人影儿也没见到,无功而返;一次在房庄子找到了方荫枫老人,他精于手绘神像,笔下极具民间的味道,可惜他的兴趣早已转向中国画。去年在较为边远而地势低洼的宫庄子,访到一位民间画师王学勤。他农忙务农,农闲作画,主要是半印半绘津南一带的年俗画缸鱼。他有一个小小院落,养一头骡子,还有一间很小的"画坊"。四壁全是作画时来回掀动的画板(俗称"门子"),每个门子正反两面各贴一张鲜活肥大的红鲤鱼,画师就坐在这五彩缤纷的缸鱼中间。其情其景,十分动人。为此,我还写了一篇文章《探访缸鱼》。

然而我想,南乡决不止于王学勤一人!其他的艺人藏在哪里?

今年我们中国民协发动了全国的木版年画抢救。我下了决心,要对南乡三十六村做一次彻底的考察了。我曾读到张茂之先生的《杨柳青南三十六村画业兴衰小记》。他做过一次很重要的田野调查,时间大约是二十世纪九十年代初。根据他的记录,南乡的画工已是寥寥无多。但时间又过十余年,如今民间画工到底还有几人？他们以怎样的状态存在？留下多少物质或非物质的遗产？搞清家底和理清遗产是我们这代人的文化责任。我们要对南乡做一次拉网式调查。一网打尽，一清到底。

在阴冷的天气里，我们窜入一个个大雪蒙盖着的寒村。有时真是冷得连麻雀也见不到。

这一次我们自然要先去看望那位画缸鱼的王学勤。谁料到一见面，王学勤就龇着牙，笑嘻嘻对我说："老冯，你那篇文章叫我快成名人了。"原来我去年那篇《探访缸鱼》到处转载，给他招惹来不少的"热闹"。一年里引得不少记者、年画爱好者和收藏家去拜访他。但农民不是歌星影星，不会炒作自己。他还是习惯地穿着好几层褂子，使我想起巴尔扎克在《邦斯舅舅》中提到执政时期的人们爱穿五层背心的典故。"五层背心"是法国贵族一种时尚，用来炫耀富有。王学勤则是由于在"画坊"里干活实在太冷，必须多穿几件衣服。

他依然延续着农耕时代年画艺人的生活方式。秋收后便备纸调色，开始印画。到了腊月，把画好的画儿一半批发给河北省各地卖年画的贩子，一半捆在自行车后，去到静海、独流、唐官屯等地的集上摆个小摊儿，一边吆喝一边卖画。照例还是价钱极廉，一块钱两张，说实话只是"功夫钱"。想想看，谁会把他这朴拙又浓艳的缸鱼当作一种纯粹又珍罕的民间艺术呢？而年画不是从来都是用过之后，一扯了事吗？即使在农耕社会迅速瓦解的今天，谁又把民间的文化当作一种精神遗产了？且不管这些，我们约请中央电视台的记者把这位民间画工卖画的全过程都记录下来了。

尽管在周李庄、薛庄子、阎庄子等地，我们都是一无所获，但是在古佛寺却访得一位老画师董玉成。老画师把他的画样拿出来让我们瞧，竟然是十年前我在杨柳青镇年画摊上买到的那几种仅有的纯民间制作的"半手绘"的木版年画。这几年来已经买不到了，谁想到竟在这里撞上。既有《双枪陆文龙》和《大破天门阵》等戏出年画，也有《合家欢乐过新年》等民俗年画。其中一种《大年初二回娘家》，还是首次见到。虽然都是阔笔写意的"粗货"，却是地道的原汁原味的农耕社会的产物。董玉成一家在古佛寺生活至少三代，全是农人；手中的画艺却是代代相传。他肩宽胸阔，腰板硬朗，一看便是干庄稼活的好手。待细一问，已然七十八岁。他以往年年都画，今年却停了笔，画不动了。后辈人有的干副业，有的当工人，无人能画。民间

◇在古佛寺结识了老艺人董玉成

的文化若无传承,辄必中断。这些画样不就是农耕年画大书上最后的一页了吗?

坐在车子上,我的心急于穿过迷蒙的雪雾,到前边那个小小的村落——南赵庄,去寻找一位名叫杨立仁的民间艺人。据知,这杨家在清代光绪年间开设的"义成永"画铺,曾经名噪南乡。杨立仁在民国中期承继父业,但这至少是一甲子之前的事。"义成永"久已不存,杨立仁画业何在?

可是走进杨立仁老人的小房,掀开靠西一间屋的门帘,我感到自己眼睛一亮。里边居然还支着画案,放着老版、棕刷、墨碗、色盘、粉枕纸。墨的味道混在寒冷的空气里,一叠印好的花花绿绿的"灶王"放在一边。与老人一谈,他竟止不住地大话当年。他说起六十年前的"义成永",单是刷版的店工就是二十几号人,一人一天刷印一令纸(1000张画)。"义成永"只印不画,然后把这些"画坯子"拿给全村人去绘制。那时无论男女老少,人人拿笔就画。当他说到北京城门上贴的八尺的巨型门神都出自他们杨家、他们南赵庄,自豪之情在他苍老的声音中响亮地跳动着。

他家传的古版曾经堆了满满三间屋,却几乎完全毁于"文革"。多亏他冒着危险将几套灶王和一块印供花的八仙老版，藏在干燥的灶膛内，才躲过劫难，留到今天。我看其中一套"独灶"（没有灶王奶奶的灶王爷），线刻很精，流畅生动；线版之外，还有红、黄、橙、绿、紫五色的套版。这应是清代中晚期的古版。老人说，现在腊月二十三祭灶的风俗正在渐渐消失，灶王也不好卖。这两年老人年年印几百张，并不为了卖，他说：只是过一过手瘾罢了！

由此，我强烈地感受到南乡——这个曾经花团锦簇的年画产地，如今已经彻底地步入灭绝。这是由农耕文明向着工业文明转型的历史无情地决定的。

我们终于可以得出结论，农耕形态的应用性的杨柳青年画已经终结。由此更感到我们正在进行的这种终结性的普查与记录的重要。我们在努力地把所见所闻，用笔录、用照片、用录像带忠实而完整地记录下来。因为我们是农耕社会的原生态年画临终时的见证人，我们有责任使后人知道历史的音容笑貌。

癸未春节

探访缸鱼

前两日,杨柳青镇玉成号年画庄的霍庆有师傅风风火火打电话来,急着把一个好消息当作礼物一般送给我。他说他访到一位画缸鱼的乡间艺人,就在张窝附近。他的大嗓门在话筒里叫得很响:"他现在就在家里画呢!那样子就和老年间画年画一个样。满床满地满屋子全是缸鱼。老冯,快去看吧,诚好看啦!别处再看不着啦!"

我一听,人在家中,心儿却一下子飞到津西天寒地冻的乡间!

近十年,我在津西一带年俗的考察中,年年腊月都会在集市上看到这种艳丽夺目的年画——缸鱼。蓝绿的底子上,一条肥头大尾的大红鲤鱼游弋其中。绿叶粉莲,衬托左右。四个大字"连（莲）年有余（鱼）"印在上边。那股子喜庆劲儿，活泼气儿，讨人欢喜的傻头傻脑的样子，特别惹眼。别看摆在人山人海集市的地摊上，打老远一眼就能瞧见它。但它是谁画的呢？这种画只是用一块线版印墨线，没有套版套色，所有颜色都是手绘的。但它们的着色很大气，下笔大胆，粗犷，厚重，果断，痛快。这些浓墨重彩的乡间艺人身在何处？我问过一些卖画的小贩，回答都很含糊，或者推说不知，或者说的不着边际。于是，年年我从静海、独流、杨柳青一带的乡村集市回来，都会买几张缸鱼，连同对这些无名艺人的敬仰与迷惘，一同收藏了起来。

我一直心存着寻找他们的渴望！因为传统的农耕文明在飞快地瓦解，生活方式发生骤变，水缸正被自来水代替。缸鱼都是贴在水缸上边墙壁上的。现在家中什么地方还能贴一张缸鱼？毫无疑问，这些画缸鱼的人无疑是最后一代乡间艺人了。

玉成号的霍师傅是我的好友，也是我的知音。他不单对年画起稿、刻印、手绘无不精通，还有难能可贵的文化眼光，经常急急渴渴地跑到乡镇各处，去收寻寥落无多的年画遗产。他可远比一些泡在书斋里的文人更深切地珍惜自己的文化！去年，他还向我介绍一位能够手绘五大仙的老者。这老者住在方庄。手绘的水准应是一流。我相信当今能够手绘五大仙的，不会再有第二位了。

转天我们把车子开得飞快，到杨柳青接上霍师傅便出镇向西。过了方庄、张窝、古佛寺，东拐西拐，纵入一片乡野。待车窗外出现茫茫的褐色的土地，横斜着冻僵的柳条，白晃晃的冰河，还有歪歪扭扭、没有人影的乡间小路，我心里高兴起来。我知道，只有在这大地深处，才能见到最原始又是活态的民间年画！

车子驶入一个安静的小村。村口立着一块水泥碑，上边三个描红的刻字"宫庄子"，远远就见一个人站在街口。霍师傅说，就是他，他叫王学勤。

这位画缸鱼的王学勤，瘦长而硬朗，布满皱痕的脸红得好看；一身薄棉衣穿得大大咧咧，透着些灵气。他见面便说："您六七年前来过，那时我出门在外没见着。"我却怎么也想不起这回事来。近十年我跑遍津西一带，察访乡间艺人，结果大多是扑空。故而，常常觉得在现代大潮的驱赶中，农耕历史离去的步履太快太快，快得我们追也追赶不上……

◇近些年,每年春节都要到津南宫庄子看望画缸鱼的王学勤,像他这样制作原汁原味的年画的已经不多了

一个小小院落，一排朝东四间小屋，三间住人，一间黑糊糊，似是堆着杂物。低头钻进一看，花花绿绿，竟然是贴了满墙的缸鱼。两尺多长的金鳞红鲤摆着宽宽的尾巴，笨拙又有力，由里向外沿墙游动。直把身边的荷叶荷花挤得来回摇摆。我很激动。因为我终于看到了数百年来杨柳青年画的乡间艺人——也就是农民究竟怎么作画！他们的炕桌上堆满大大小小各种色碗色罐，里边五彩缤纷全是颜料。他们使用的是品色，品色极鲜顶艳，强烈而刺激，别看这些碗罐全都沾满厚厚的尘土，但涂到了画上，那色彩却能冲入你的眼睛。不信，你把这缸鱼拿回家，在屋里随便什么地方一挂，保证你屋里别的什么东西都瞧不见，抢入眼帘的只有这大红大绿大黄大粉再加金的缸鱼！

杨柳青人画年画是流水作业。他们贴墙装着一排排窗扇似的活动画板，把画纸贴在板子的两面，等画完这前后两面，便掀过这扇画板，画下一扇。这样既节省地方，又便于流水式的一道道地上色。王学勤说他这缸鱼，总共要上十二道颜色。每一次画五十张。先前一天一夜就能画完这五十张，现在却得画三天。他已经六十六岁了！

真不像！这并不是客气话。这是他一直还在地里干活的缘故。农忙种地,农闲作画。乡间的民间艺人自古如此,而且这些手艺全都是代代相传。他说,他上边五代人都善画。他们这宫庄子,还有附近的阎家庄、小甸子等等一些小村,不像张窝和炒米店,没有常年的专业性质的年画作坊,纯属农家的副业,一撂下锄头就拿画笔,活儿紧的时候,全家人都上手,画的大多是粗路活,或是从杨柳青镇一些画庄里领活。他听爷爷说过,他们王家还给杨柳青镇上玉成号霍师傅家画过活呢!这话说得霍师傅咧开大嘴得意地笑了。当年的玉成号可是个做年画的大字号。

如今,世风的嬗变,年画消隐了。镇上只剩下玉成号一家。年画从年俗中渐渐退身出来,已经成了一种独具特色的传统工艺。在乡间,实用性民间木版年画只剩下缸鱼和灶王几种。王学勤说,十年前他还骑车跑到天津,在小树林、地道外、河北大街一带批发他的缸鱼。现在他跑不动了,连小站、葛沽、青县这些过去常跑的路远的地方也不去了,最远就到静海。

我听了叫道:"原来静海的缸鱼是您画的!这下子可找到主啦!我一直以为是静海人画的呢!"

他龇着牙笑道:"静海哪有人画,只有咱杨柳青画。可是别人的缸鱼都是头朝一边。我的缸鱼有朝左的，有朝右的，两种。因为水缸有时放在门左，有时放在门右，画上边的鱼脑袋必得朝外。我画的灶王也分两种，因为灶台也有门左门右之分。灶王桌下边不是有条狗吗，狗脸必须朝外，俗话说'狗咬外'，狗不能咬自家人呀！"

这话说得我大笑。这些古老的传说，这些幽默的情趣，这些画里的故事，叫我深深感受到先辈农民对生活的虔敬与那一份美好的企盼。

我问他："现在农民搬进新居，过年时还贴缸鱼吗？"

他说："有的还贴，就贴自来水龙头上边。反正有水就有鱼呗！"

我又笑了。文化习惯真要比生活习惯牢固得多！

王学勤画缸鱼赚钱有限。一张报纸般大小的画，连纸带印，还要画十二道色，一张才卖一块钱，批发五角，利润相当有限。按照现代都市的价值观，缸鱼的前景当然危在旦夕。可是如果哪一天王学勤搁笔不画，会有多么可惜。传衍了至少两三百年的缸鱼会不会就此断绝？但王学勤说："赚不赚钱我都画，只要有人贴我就画，不能叫人买不着缸鱼。"他还指着身边一个小伙子说:"如今我儿子也行了,他个人也能画了。"

这叫我很高兴,也很感动。当今画坛,有几个人能这样"为艺术而艺术"?

王学勤叫我为他题字。他的笔泡在一个破水缸底子盛着的水里。

我取笔蘸墨,一挥而就,写下心中的祝愿:

年丰人寿久,笔健画运长。

写完搁笔,扭头忽见一缕阳光从门外射入,被缸中的水反映在墙上。水光晃动,正照在墙上那些彩画的大鱼身上。这些如花似锦的大鱼一时仿佛活了,笨头笨脑、摇着尾巴游动起来。

2002.1.28

武强屋顶秘藏古画版发掘记

一场三十年来罕见的冷风急雨，把我们这次田野抢救逼入困境。但我们没有退路，因为秘藏在一座老宅屋顶上的武强年画古版等待我们去发掘和鉴定。此刻，这批古版危机四伏，一些文物贩子正伺机把它搞到手。据说当地政府已经派人去看守这座废弃已久、空无人居的老宅，他们守得住吗？这更促使我们尽快驰往武强。

缘　起

为了这批古版，一年里我已经第二次奔到武强。

去年（2002年）年底，在一次民间文化抢救座谈会上，偶从河北民协主席、民俗学者郑一民先生口中得知,武强某村一处民居的屋顶上藏着许多年画古版。但郑一民所知也只是这短短一个信息,此外一切空寥不闻,甚至连村名也说不出来,对我却是一个极大极强的诱惑。这到底是怎样的村落与人家?秘藏古版是何缘故?现况如何?有多少块版?哪个年代的刻品?有无历时久远和精美珍罕的画版?一团美丽的猜想如同彩色的烟雾变幻无穷地盈满我的脑袋,朦朦胧胧又烁烁发光。在如今古画版几乎消泯于大地的时候,哪来的这么一大批宝贝?郑一民告诉我一个金子一般的消息。

春节前1月22日,我由内丘魏家村和南双流村考察神马后,旋即奔往武强。目标直奔这批神秘的古版。在武强,见到主持年画工作的县委副书记于彩凤和武强年画博物馆馆长郭书荣,便知这是他们按照中国民间文化遗产抢救工程的计划对武强年画进行拉网式普查时,由一位聘请而来名叫吴春沾的民间艺人在县城西南周家窝乡的旧城村发现的。据说这老宅的屋顶上整整铺了一层古版!但他们却像碰到一个薄如蝉翼的瓷碗,反倒不敢去碰一下。为什么?一是不知这房主到底是怎样一个人,会有怎样的想法与要求,弄不好"狮子大张口"怎么办?二是担心消息走漏出去,被那些无孔不入的文物贩子得了讯息,暗中下手把这些宝物"挖"走。我说我很想去看个究竟。郭书荣笑着说:"你要去,就会把事闹大了,把文物贩子全招惹来了。"我笑道:"我先忍下了。你们可要抓紧。一切都要秘密进行,千万别再透出风声。"说到此时,心里真有一种古洞探宝那种紧张兮兮之感,就像少年时读史蒂文生《宝岛》时的那种感觉。

我对武强人的文化责任是放心的。早在八十年代,他们便先觉地察觉到,农耕文明正在从田野大规模而悄无声息地撤退。他们动手为先人建起了一个很舒适又精美的殿堂——武强年画博物馆,以使退出历史舞台的年画永远安居于此。直到今天武强年画博物馆仍是国内规模最大、设备最为优良的专业的年画博物馆。所以,在和他们分手时,我没再提那古版,只是用手指一指头顶上,暗示屋顶——秘藏。这二位讲求实干的武强人辄用点头回答我,头点得很坚决,当然也为了叫我放心。

此后数月,尽管天南海北地奔波,心中却总觉得什么地方有块小磁石微微又有力地吸着我——就是这武强的古版。每逢此时,我便会抓起电话打给郑一民,探询情形,并请他快快了解此事,以免夜长梦多、节外生枝。我知道这位燕赵汉子的脾气急，做事风风火火，而且一定要有个圆满结局。然而在这件事上却似乎有点"障碍"。每次催他，他只是回答我："快了。快了。"一直到8月蔚县召开的全国剪纸抢救专项工作会议上，郑一民才笑吟吟地对我说："房主已经同意献出这批古版了。再告诉你一个好消息，不是一间屋而是两间屋的屋顶上全是古版。这家人是武强一个年画世家。版子全是祖传的。等这个会一开完，我就去武强亲自把发掘一事敲定下来。"后来才知道，郑一民为此事已经由石家庄到武强往返跑了五六趟。我们中国民协这些人真是棒极了！

然而就在武强那边紧张地筹备古版发掘时，我在天津忽然接到杨柳青年画艺人霍庆有师傅的电话说，一个古董贩子悄悄告诉他，河北武强有个人家的屋顶藏着许多老版，问他要不要。霍师傅是杨柳青仅存无多、传承有序的艺人，"勾、刻、印、画、裱"全能，而且比一些文化人还有文化眼光，多年来一直致力于古版的收集与收藏。他身边总有几个耳目灵通的古董贩子，给他通风报信。他说，贩子说了，只要他肯出钱，一准给他弄来。我一听便急了，赶紧跟郑一民通电话，这才知道武强那边也听到古董贩子入村打探并频繁活动的讯息。当地政府也说话了,决不叫贩子们得手!正在派人将这幢老宅看守起来。看来这"抢救"真有"抢"的味道了。

现场考察

10月10日中午,我们在雨中抵达武强。

吃几口饭填了填肚子便要去旧城村。一是心急,想尽快看看这个诱惑了我近一年的神秘莫测的老宅,同时见一见这户主动献版的年画世家,虽然郭书荣领导的武强年画普查小组已经对贾氏家族做了深入又详细的调查,但出于写作人的"职业习惯",我还是把实地感受放在第一位。另一个原因是众多媒体,闻讯正由全国各地赶来,单是中央电视台就来了两个组,还有山东、湖南、河北,以及香港凤凰电视台的记者及各地报纸的记者,都已人马俱到。按照计划将在明天(11日)上午发掘古版,我担心到了那时,人太多,看不到这老宅平时的真正模样,也无法发现未知而重要的细节,故此我要捷足先行。

随我同往的是此次同来的几位年轻人。有山东电视台著名民俗影像专家樊宇,《天津日报》文化记者、作家周凡恺,《今晚报》文化记者高丽以及两位助手。当地政府为我们准备了一辆越野吉普车,以及每人一双又黑又亮的高筒胶靴。因为自清晨以来,小雨转为中雨,村路皆为土路,遇雨成泥。车子不能直接到达旧城村,至少还有几公里的泥路要靠步行。

果然,离开县城不远就没有柏油路了。开始路面还硬,但在拐进一条很窄的如同田埂的小路时,已经完全成了烂泥,凹洼处全是积水,而且雨还在不停地下着。驾车的司机原想尽可能往前开,接近村子,使我们少走一些泥路。但不久我们的车滑下路面,陷入松软的麦地;另一辆车干脆扎入沟中。大家换上胶靴,改为步行。我的麻烦是脚太大,靴子太小,至少短五厘米,如同"三寸金莲"。一位同伴急中生智,叫我用装胶靴的塑料袋套在脚上。这样,我们走在烂泥路上,形同一伙乞丐,而且脚底极滑,左歪右晃,大家笑我,说我是"丐帮的首领"。然而人人都是顶风冒雨,湿衣贴身,湿发贴面,歪歪扭扭跋涉于泥水之中,哪个好看?于是,相互取笑,不知艰辛,渐近村庄。

远看旧城村,真是很美。这里原本是中古时期武强县城的所在地,后被洪水淹没,县城易地它处,此地遂被渐渐遗忘。

由是而今，时隔太久，繁华褪尽，已退化为燕赵腹地一个人口稀少、毫无名气的小村庄。也许正是偏远冷僻之故，才更多地遗存着农耕时代原生态的文明。

小小的村落，稀疏又低矮的房舍，河水一般弯弯曲曲的村路，大半隐藏在浓密的枣树林中。枣儿多数已经变红，还没打落，艳红的小果挂满亮晶晶的雨珠，伸手就可以摘一个吃。

我想，倘若晴天里，这大片大片的枣林一定会更绿，阳光下的红枣个个都闪亮夺目，黄土的村路踩上去也必定既柔软又温馨。可是此时在雨里——它不是更美吗？在细密如织的雨幕后边，一切景物的轮廓都模糊了，颜色都淡化了，混成朦胧的一片。旧城村就像一幅水彩画。

我们的目标不难找，就在村口处。外表看有点奇怪，是一幢挺大的红砖房子，平顶，女儿墙砌成城堞状，形似城堡。房子并不老，机制的红砖经雨水冲刷，反倒像一座新建的砖房。但走进院门，却似进入另一个历史空间。一个长条小院，阴暗深郁，落叶满地，墙角扔着许多废弃的杂物，野生的枝条乱无头绪地从这些杂物的缝隙中奋力地蹿出来，形似放歌，有的长长的竟有小树那样高。房屋坐北，一排五间，中间是堂屋，两边东西两间,再靠边左右各一间小小的耳房。窗子作拱状,墙是老旧的灰砖,墙皮已风化和碱化,与外墙的红砖一比,一里一外一新一旧,截然不同。在院里看,分明就是个老宅子。这使我颇为诧异,为什么要在老房子外包一层新砖,伪装吗?为什么要伪装?那秘藏的画版就在这怪房子的屋顶上呀!

郭书荣馆长请来这房子的主人贾氏兄弟振川、振邦和振奇。经他们一说,便知贾氏原是旧城村中传承很久的年画世家,从事年画至少六代。贾氏最辉煌的年代应是太祖父贾崇德时期。那时,贾家在本村和县城的南关都有作坊,店名叫作德兴画店,年产200万张,远销到山西榆次和陕西凤翔。太祖的大业传至祖父贾董杰一代,便遭遇到日本侵华和国家动乱的时代,贾氏年画发生由兴而衰的转折。待到贾董杰把家产分给自己的两个儿子贾增和与贾增起时,最珍贵的东西便是520块古版了。

年画的生命是印画的雕版。贾家人只印不刻,画版就是饭碗。故而,贾振邦对我说:画版养活了他家一代又一代人。

贾增起就用他从祖辈继承的260块木版,一直印到二十世纪五十年代。后来,随着世风的变迁,年画的衰微,他无奈地放弃了画业。然而放弃画业却不能放弃画版。他一生经过许多战乱，每逢战乱都把画版埋起来，设法保住。武强地势低洼，时有洪水袭击；遇到洪水来临，便把画版搬到高地上，昼夜看守。可是，自打贾增起不再印画，专事务农，这批画版的存放便成了问题。直到1963年，一次大水过后，家里翻盖房屋时，索性把这些画版藏在屋顶上。好像只有放在这个旁人不可能找到甚至想到的地方，才会感到安全。谁料正是藏在这绝密之处，这批古版才躲过了凶暴的"文革"。全国各地的年画古版绝大部分都是在"文革"中销毁的，有的画乡是把全乡上千块版堆起来一把火烧光。至今，武强年画博物馆中还保存着一块"文革"时人们被迫用菜刀削去凸线的画版——它刻骨铭心地记载着民间年画的劫难史！

为此，每当房子的外墙破裂出现问题时，贾增起决不拆房重建，他怕顶上的古版"露了馅"，便想个主意，在老房子外边包了一层红色的机制新砖，索性把这座秘藏古版的灰砖老屋包在其中，隐蔽起来。在河北乡村，房子忌讳内外两层，形似棺椁，但他宁愿犯忌，也要使古版安然无恙。

贾增起于1992年去世。此后，儿子们都搬到外边成家，这老宅院便无人居住，屋中堆满在漫长的生活中不断淘汰下来的杂物。待贾增起的儿子贾振邦打开房门,请我们走进去,一瞬间的感觉真像一个世纪前第一批探险者进入敦煌的藏经洞那样。几间屋中是那些随手堆在那里的破柜子呀,手推车呀,乱木头呀,小碟小碗呀,壶帽呀,木杆木棍呀,等等,全都蒙盖着很厚一层灰尘。郑一民说,他们前些天钻进这屋子时,蜘蛛网多得吓人,他们用了不少时间才把满屋的蜘蛛网挑去。但此时角落里还有一些蜘蛛网在我们手电筒的照射中闪闪发亮。

我最主要的目的是把秘藏屋顶上古版的状况弄明白。经贾氏三兄弟介绍,这一连五间的屋顶都是用胳膊粗的树干作为椽子架在梁上。树干是自然木,歪歪扭扭,很是生动。椽子上是一层苇席,苇席上是一层画版。据贾振邦说画版上是一层黄土,黄土上是一层砖,砖缝勾灰,以防雨水。

当年贾增起秘藏这批古版时是颇费心机的。他把古版放在屋顶下边,以使画版存藏安全;画版下的苇席,一为了遮掩,一为了透气。据说最早还用棉纸吊了一层顶子,现在吊顶已经脱落。在贾振邦的指点下,仰头而望,从一些残破的席子中真的看到了藏在上边的几块古版的边边角角。有的发黑,却能看见版上雕刻的凹凸;有的则是红色或绿色的套版。这令我惊喜之极。一年来一直惦记的宝物就在眼前和头顶上，几乎是举手可得呢！

经查看，这五间屋中，中间的堂屋由于平时常有外人来串门，故顶上没有藏版。两边的东西两间及里边的左右耳房比较私密与安全，古版藏入其顶。用目测，东西两间各十平米，耳房三平米。倘若将画版铺平，应为二百至二百五十块！

除去画版，在堆积屋中的杂物里，还有两辆当年贾家先人外出卖画时使用的独轮手推车。这使我马上想到，武强人那首当年推车进京卖画时边走边唱的"顺口溜"：

彭仪门，修得高，

大井小井卢沟桥，

卢沟桥，漫山坡，

过了窦店琉璃河，

琉璃河，一道沟，

十二连桥赵北口，

赵北口，往南走，

过了雄县是鄚州，

鄚州城，一堆土，

过了任丘河间府，

河间府，一条线，

过了商林是献县，

献县大道铺得平，

一直通到武强城。

心里一念这顺口溜，眼前的车子好像"吱吱呀呀"活了起来。

贾振邦说："这辆车推活我们一代代人。后来父亲不印画了，就用这辆车去县城赶集、卖菜、换鸡蛋，供我们哥几个上学，念初中、高中。父亲说再苦再累也得供我们上学……"说到这里，凄然泪下。

其兄贾振川告诉我："这车子左右两边，原来还有两根棍儿，已经掉了。上边各写一行字，即'远近迟迷逍遥过，进追游还遇道通'。每个字中都有一个'走'字。"

这两行字显然是武强人远出卖画时的心中之言。既有默默的企望，也有一种自由与潇洒，还有一种武强人特有的文字上的智慧，这在武强年画（如半字半画的对联）中表现得十分鲜明。

屋中另一件值得注意的，是几件废弃的箱柜。柜子上的顶箱，里里外外全糊着花花绿绿的年画。细看都是"灯方"。显然，当年由于顶箱残破，就用印废的年画粘糊。这个细节，足使我从满屋七零八落的东西——这些历史的残片想象出昔时一个家庭式年画作坊的彩色图景。郭书荣说，前些天他们还从这柜子里发现了一卷文书呢。待贾振邦拿来一看，颇是珍贵。三件文书一为买地契约，二为分家契约。买地契约为咸丰元年（1851）；分家契约一件为民国六年（1917），另一件被鼠咬，年代缺失。值得注意的是，这两件分家契约在提到画版时，都有一句话是"本画版只许使，不许卖"。

在传承的意义上，这句话很像宁波天一阁范氏家族的"代不分书"，表现武强人对画版的珍重，也说明画版在民间文化上具有重要的传承性。因而，守住画版是武强年画艺人们的一个坚定不移的传统。正由于这句话，这批顶上画版历尽凶险，保存到了今天！

从前一件文书（咸丰元年）看，立约一方为贾崇德。贾崇

◇现场考察文书（左为郑一民）

德的父亲贾行礼肯定生活在道光年间，如果还早——便是嘉庆。那么这顶上秘藏之版会有嘉道的古版吗？如果贾行礼一代手中还有来自他的先人更早的古版呢？此时，我对屋顶上的古版已充满神奇美妙的猜想了。

为此，在第二天发掘古版前的新闻发布会上，我说："这顶上秘藏古版最大的悬念是有没有清初前三代的古版，倘若有，就是民间国宝。"

发　掘

10日晚，冷雨彻夜未停。我跟京津的亲友们通了电话，方知数十年未遇的寒流正笼罩着我们这次田野抢救。

11日清晨，得知由京、津、鲁、楚等各地闻讯而来的专家与记者已有百余人。星夜里赶至武强的有著名民俗学家白庚胜和民间艺术专家、中央美术学院教授薄松年先生。薄松年先生的到来将使这次古版的鉴定更具权威性。但老先生早已年过七十，居然冒雨而来，令我感动。此时，雨未停，风又起。我拟建议发掘一事改期。但记者们的积极性超出我的想象。《东方时空》、山东电视台以及凤凰电视台的记者们连早饭也未吃,揣些干粮在衣兜里,就扛着机器奔往旧城村,争取在大批发掘人员与记者们到达之前,占得最佳机位。

早饭时,我对薄松年教授说:"道路很滑,您不要去了。"

薄松年教授:"不,我一定去。搞田野调查怎么能不下去?"他很坚决。

我与郑一民和县政府有关人士经过紧急又短暂的讨论,决定按原计划今日上午发掘,下午鉴定。但要注意几点:

1. 要保证发掘出来的古版不遭受雨淋。

2. 每块版出土都要编号。

3. 确保现场所有人员的安全。

大队出发时,当地政府为大家又准备了一百双胶靴,竟无一剩余,可见人们对发掘过程的关切。

我因昨日去过现场,没有再去,而是去武强年画博物馆看馆藏的古版。我想更多地了解武强画版的题材种类、不同时代的风格,以及刻版的手法,好为下午的鉴定做相关的准备。

武强年画博物馆已经整理出来的古版有3788块,包括套版。其中二级文物40件,三级文物90件。在近期对年画产地拉网式的普查与抢救中，又获得一些古版，尚未清理出来。已整理好的古版均整齐地放在柜橱与书架上，只是还没有实行计算机的管理。武强年画博物馆的藏版数量在中国各个产地中应占首位，这表现出武强年画资源的雄厚和他们对自己文化的珍重与经意。

发掘现场那边，进行顺利。后来我通过樊宇的现场录像看到，发掘时首先除掉屋顶的砖层，砖块下边的一层黄土很厚，达三十多厘米。发掘人员除去土层，再用瓦刀小心而轻轻地将画版一块块从土里取出，有如发掘古墓中的随葬品。然后依次编号，装入事先备好的硬纸夹，再装入防雨的塑料袋中。

然而，遗憾的是，由于房子历时太久，顶上砖层的灰缝早已开裂，长年渗入的雨水或融化的雪水，浸湿了土层。武强的土是黏土，一旦渗入水分，很难散发。尽管当年贾增起藏版时将雕刻的一面朝下，但木版很怕水与土，故而背面大多朽坏，严重者糟烂不堪，面目全非。西边房内用纸吊顶棚，比较透气，尚有一些古版较完整地保存下来；东边房内的纸吊顶棚坏掉后，改用塑料吊顶，水汽闭塞在内，致使顶上藏版全部腐烂，无一幸存。这是事先全然不曾想到的，也是任何考古发掘都共有的一条规律：结果无法猜，只有打开看。至于这次发掘成果究竟如何，还要到下午的鉴定会上才能做出评估。

鉴　定

下午三时，在武强年画博物馆正门前的走廊上，摆放了一条十多米长的巨型桌案。被发掘出的贾氏秘藏年画古版，整齐地平放在桌面上。总共52个硬纸夹，纸夹上有编号，内放画版155块，等待着专家们一一鉴定。记者们里三层外三层地围着，心情兴奋又焦迫，想看看这中间究竟有没有"宝物"。

参加鉴定的专家共七位。有薄松年（中央美术学院教授）、白庚胜（民俗学家）、郑一民（民俗学家）、郭书荣（武强年画专家）、张春峰（武强年画专家）、崔明杰（衡水市文化局专家）和我。

经过近一个小时对这批古版的反复观察、研究、比较，我大致得出以下结论：

1. 旧城村贾氏秘藏的古版约为300块。由于东边藏版全部朽烂，损毁一半左右。

2. 已发掘出的古版155块。因朽坏而面目全非者占五分之三,套版占五分之一,线版占五分之一。由于武强画版多为窄条木板(宽约20厘米)榫接而成。一些线版,仅为半块。完整和较完整的线版为15块。

3. 此次发掘的古版,没有神马和神像,如最常见的"灶王"与"全神",一块版也没见到;没有"门神";没有武强年画中最具特色的"灯方"和"窗花"。在体裁上,多为四裁或三裁的"方子",也有少量的贡笺,因为这种贡笺的大版都是木板条拼成的,其中一些部分朽毁,故皆残缺不全。

此次发掘的古版在题材内容上颇为丰富。经过初步考辨,已知有娃娃戏、戏剧画、吉祥画、美人图和社会风俗画等。

4. 由于画版表面都有不同程度的浸损,很难从视觉上观察古版的年代。确认年代的依据主要是两条:一是画面的内容与风格;二是刻版的时代特点。经与专家们讨论,后又做了进一步研究,对较完整的15块线版做出初步鉴定:

序号	发掘时纸夹号码	画名	体裁	鉴定年代	画店名称	备注
1	20	美人图	对幅	咸同	盛兴店	只有右幅
2	5	美人(富贵)	对幅	清末	复盛兴	只有左幅

续表

序号	发掘时纸夹号码	画名	体裁	鉴定年代	画店名称	备注
3	36	乐鸽图	三裁	同光	盛兴画店	
4	28	钱能通神	三裁	咸同	盛兴店	
5	49	鹊报佳音	四裁	清末	东兴号	
6	8	三鱼争月	三裁	咸同	盛××	
7	6	万象更新	门画	同光	盛兴	右幅
8	10	猫蝶图	三裁	同光	盛兴画店	
9	13	盗芝草	四裁	清末	盛兴画店	局部有残
10	45	游西湖	贡笺	同光		只有一半
11	35	忠心保国	三裁	清末		
12	26	双官诰	三裁	清末	盛兴画店	
13	39	蝎子洞	四裁	同光	盛兴店	
14	22	指日高陞	三裁	民国癸丑（1913）	盛兴画店	
15	44	合家出行图	四裁	民国		

我对这批古版总的评价是，数量颇大，在当前我国年画生态日渐势衰、遗存所剩无多的情况下，如此大宗秘藏古版的面世，令人惊喜。遗憾的是，那时村人保护手段极其原始，故绝大部分都已受潮朽烂，损失惨重。然而，从幸存的较完好古版看，收获仍很可观。从三方面说：一是有的年画题材虽然曾有

运用，但此次发掘的古版的画面绝大部分未曾谋面，故有版本（或称孤本）的价值。二是一些古版雕刻甚佳，刀刻线条，如同笔画，婉转自如，极富表现力，应为雕版中的精品。如《乐鸽图》和《万象更新》。三是在年代上，下限为民国初年，上限可至清代中期。如《美人》和《钱能通神》，形象古朴，刀法纯熟，刻线柔和又生动，再晚也是清代中期的刻品。另一幅《三鱼争月》，尤使我关注。就其"三鱼争月"的图像而言，在各地年画中都未曾出现过，倒是在中古时代的壁画和侗族石刻中有此形象。此外，无论是构图还是构思，都具有嘉道或更早一些的特征。对这幅画我已在另一篇《古版"三鱼争月"考析》中详细道来。对这批发掘的古版的初步研究，也在《贾氏古版解读》一文中做了周到的阐述。

这次发掘古画版收获颇大。一方面，它将为武强年画乃至中国民间年画的遗存增添一份沉甸甸的财富。另一方面，也是使我更为感动的——则是来自全国各地的记者们，和我们一起跋涉于泥泞之中，顶风冒雨，绝无退缩。在"媒体指导生活"的时代，他们有此文化热忱与文化责任，乃是民间文化之幸事，也是我们所盼望的。因故，我建议武强年画博物馆将刚刚发掘出的古版，择选两三，刷印若干，赠予诸位专家与记者，作为纪念。同样受到了感动的郭书荣馆长立即应允，于是带着田野芬芳的古版年画便纷飞到众人手中。

此次田野作业可谓十足的艰辛。由武强返津路上，风雨大作。我们一行人分乘两部车，车身被狂风吹得摇晃——后来才知道河北沿海正遭受一次猛烈的风暴潮。偏偏行到中途，一部车子竟无端熄火，必须众人一齐推车助力，才能发动，但走不多远又熄火停车。于是大家一次次去推，个个浑身被冷雨浇透，鞋子灌成水篓，以致到了青县一家乡村饭店烤火与喝姜汤时还在冻得发抖。田野抢救真的这样艰辛吗？

可是回到家中，打开从武强带回的《三鱼争月》一看，即刻满心欢喜。种种辛劳，一扫而空。

半年多来，武强顶上年画一事就此画了句号。然而，这仅仅是一个小小插曲而已，整个民间文化的田野抢救还处处都是问号呢。

2003.10.15

大理心得记

两团浓浓的文化迷雾安静地停在滇西大理一带的田野中，一动不动，绵密而无声，诱惑着我。这迷雾，一团是甲马，一团是剑川石窟中那个不可思议的阿姎白。

我第一次见到云南的甲马纸时，便感到神奇之极。一种巴掌大小的粗砺的土纸上，用木版印着形形色色、模样怪异的神灵。这些神灵只有少数能够识得，多数都是生头生脸不曾见过。其中一位"哭神"，披头散发，号啕大哭，浑身滚动着又大又亮的泪珠，使我陡然感受到一种独特又浓烈的人文习俗隐藏在这哭神的后边。这是怎样一种特异的风俗？怎样一种幽闭又虔诚的心灵生活？至于阿姎白——那个白族人雕刻的硕大的女性生殖器，真的就堂而皇之置身在佛窟之中吗？两边居然还有神

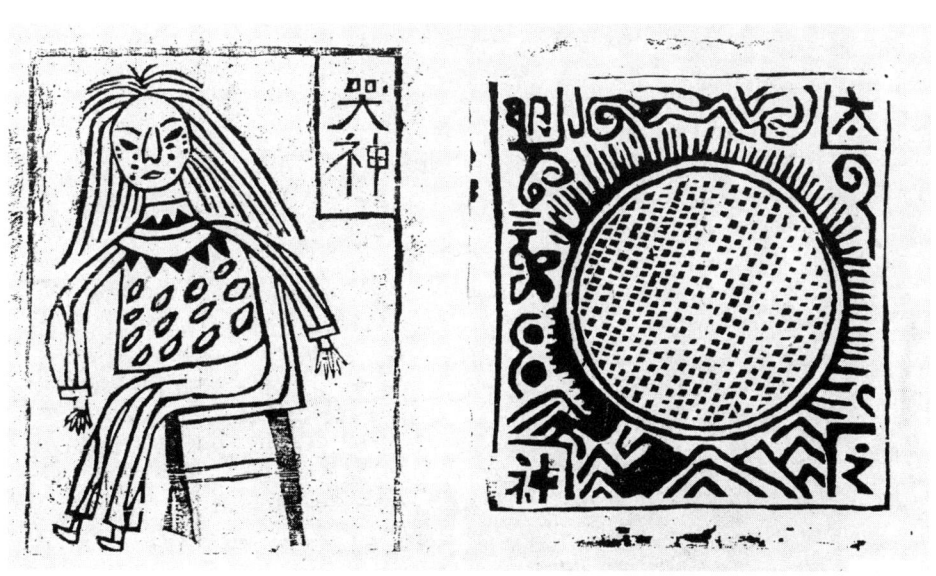

◇云南大理阁洞旁村甲马——哭神和太阳神

佛与菩萨侍立左右？能相信这只是一千年前白族雕工们的"大胆创造"？

虽然我的高原反应过强，超过两千米心脏就会禁不住地折腾起来。但对田野的诱惑——这些神秘感、未知数和意外的发现，我无法克制；它们像巨大的磁铁，而我只是一块小小的微不足道的铁屑。何况在大理还要召开一个学术性座谈会来启动甲马的普查呢。

4月16日，我和中国民协一些专家由北京飞往滇西。其中杨亮才是专事民间文学研究的白族学者，精通东巴文字的白庚胜是一位纳西族专家。有他们引导我会很快切入到当地的文化深层。

甲马上的本主们

这种感觉不管再过多久也不会忘记——

车子停在路边，下车穿过一条极窄极短的巷子，眼睛忽然一亮，豁然来到一个异常优美的历史空间里。手腕表盘上的日历忽然飞速地倒转起来，再一停，眼前的一切一下子回复到三百年前,而这一切又都是活着的。两株无比巨大的湛绿的大青树铺天盖地,浓浓的树荫几乎遮蔽了整个广场。这种被白族人奉为"神树"的大青树,看上去很像欧洲乡村的教堂——村村都有。但周城这两棵被称作"姐妹树"的大青树据说已经五百岁;围在小广场一周的建筑也不年轻。雕花的木戏台、窗低门矮的老店以及说不出年龄的古屋,全应该称作古董。广场上松散地摆放着许多小摊,看上去像一个农贸的小集。蔬菜瓜果花花绿绿,带着泥土,新鲜欲滴;日常的物品应有尽有。然而人却很少,无事可做的摊主干脆坐在凳子上睡着了,鸡在笼子里随心所欲地打鸣,一大一小一黄一白两条觅食的狗在这些菜摊中间耷拉着舌头一颠一颠走来走去;白族妇女的一双手是不会闲着的,用细细的线绳捆扎着土布。这是扎染中最具想象力和手工意味的一道工序。一些染好而出售的布挂在树杈上,在微风里生动地展示着那种斑斓和梦幻般的图案。在外人看来这些花布大同小异,但每一家的扎染都有着世代相传的独门绝技。只有她们相互之间才能看出门道,却又很难破解别人的奥秘与诀窍。

这儿,没有现代商场那种拥挤和喧嚣,也没有人比比画画、喝五吆六地招揽生意。似乎集市上的东西都是人们顺手从田野或家里拿来的，没人买便拎回去自己享受。一种随和的、近于懒散的气氛；一种没有奢望却自足的生活；一种农耕时代特有的缓如行云的速度；一种几乎没有节奏的冗长又恬静的旋律。

一个意外的发现，使我几乎叫出声来。在广场西边一家小杂货铺的几个货架的顶层，堆满一卷卷粉红色和黄色的小小的木版画。要来一看，正是我此行的目标——甲马！这种在内地几乎消失殆尽的民俗版画，在这里居然是常销的用品，而且种类多不胜数！

店主是位老实巴交的姑娘，头扣小红帽，不善言辞，眼神也不灵活。我问她这铺子卖的甲马总共多少种，都怎么使用，哪种人来买，等等，她一概说不好，只说一句："谁用谁就买呗。"

"这么多甲马是从哪里批发来的？"我问。姑娘说，是她父亲自己刻板印制的。她父亲是本村人，六十来岁，叫张庆生。大理的甲马历来都是本村人自刻自印。目前周城村还有三四家刻印甲马呢。我对她父亲发生兴趣，再问，不巧，她父亲有事外出去洱海了。

我决定每种甲马买两张。价钱低得很，每张只有三角钱。我边挑选边数数，最后竟有九十多种。这使我很惊讶。店铺里卖的东西必定是村民需要的。这周城人心中有如此众多的神灵吗？都是哪一些神灵？

云南的甲马不同于内地的纸马，但它是从纸马演化或分化出来的一种。纸马源于远古人最深切的生活愿望——祈福与避邪。那时人们无力满足自己这种愿望，只有乞求神灵的帮助。在汉代，人们是通过手绘的钟馗、门神、桃符以及爆竹来表达这种心理的，并渐渐地约定俗成。等到唐宋雕版印刷兴起之后，这种广泛的民俗需求便被木版印刷的纸马承担起来。北宋时期的纸马就有钟馗、财马、钝驴、回头鹿马、天行帖子等等很多种了，《水浒传》中神行太保戴宗的靴子上不也贴着纸马吗？一些像开封这样的大城市还有专门销售纸马的铺子，就像此刻眼前周城这家卖甲马的小店铺。这难道是中古时代留下来的一块活灵活现的"活化石"？

一千年来，纸马的风俗流散全国，几乎各地都有这种小小的自刻自印而神通广大的纸马。纸马走到各地，称呼随之不同。河北内丘叫"神灵马"，天津叫"神马"，广州叫"贵人"，北京还有一种全套的神马，被称作"百分"，云南便称之为"甲马"

"马子"或"纸火"。所谓"纸火",大概由于甲马在祭祀过后随即就要用火焚烧,但内丘的神灵马却任其风吹日晒,自然消失。各地纸马上的马多是神灵的坐骑,云南甲马本身就是快速沟通凡世与天界的一种神灵。

中国地域多样,文化上都很自我,相互和谐的古老方式便是"入乡随俗"。纸马的随俗则是依从当地的心理,这就不单因地制宜地改变了纸马使用时的习俗,各地独有的神灵也纷纷登上这天地三界神仙的世界中来。

我拿起一张甲马。灰纸墨线,刀法老到。中间挺立一人,配刀执弓,颇是英武。上书二字:"猎神"。我问:"这是白族的神吗?"

杨亮才挺神秘地微微一笑说:"这人叫杜朝选,我们就去看他。"

我像听一句玩笑,笑嘻嘻随着亮才走进一条蜿蜒的长街。这街又窄又陡,路面满是硌脚的碎石头,好像爬一座野山。走着走着便发觉街两边一条条极细的巷子全是寂寥深幽的古巷;临街上的窗子形制各异,有的方而拙,有的长而俊,古朴又优美,好似窗子的展览。一路上还有废弃已久的枯井,磨台,风化了的石门礅，老树，残缺的古碑，墙上插香用的小铁架以及浸泡着板蓝根的大染缸……我忙伸手从裤兜里掏出手机赶紧关掉，生怕这种全球化的物件打破我此刻奇异的如梦一般的感受。在一条深巷尽头，出现了一座松柏和花木遮蔽的宅院，不知哪户人家。亮才推门进去，竟然是一座小庙。正房正中供奉一位泥塑大汉，威风八面，双目如灯。亮才说："这位就是猎神杜朝选，周城这村的本主。"我忽然明白，这是一座本主庙。正是那张传说可以接通神灵的甲马纸——猎神，把我引入白族奇异的本主文化中来。

我读过一些白族本主文化研究的书。我对这地远天偏的白族特有的民间崇拜好奇又神往，但没想到自己毫无准备，已然站在一座本主庙里。我向庙中各处伸头探脑，所有物品全都不懂不知没有见过。书本上的东西在现实中往往一无所用，只有历史文化的浓雾将我紧锁其间。

不管白族的本主是否上接原始的巫教，不管它从佛教和道教中接受多少祭祀的仪式，在直觉的感受上它并非宗教，分明还是一种纯朴的民间崇拜。在周城附近慧源寺中一座本主庙里，我看到当地的一个民间组织莲池会正在祭祀本主。头包各色头布的妇女与老婆婆们手敲长柄木鱼，齐声诵经；身边竹编的盘子上，恭恭敬敬地摆着茶壶、小碗、茶水、瓜果、干点、米酒、松枝与鲜花。没有铺张，只有真切；没有华丽，只有质朴的美：一句话，没有物质，只有精神。那种发自心灵的诵经之声宛如来自遥不可及的远古。什么原因使它穿过岁月的千丛万嶂来到眼前？

本主崇拜是以村为单位的。一般说，一个村庄一个本主。也有几个村庄供奉同一个本主，或者一个村庄同时敬祀两三个本主的。周城就有两个本主，南本主庙供赵本郎，北本主庙供杜朝选。本主又称本神，即"本境之主"或"本境福主"。用现代汉语解释就是"本村保护神"。按《本主忏经》的说法，本主可以给予人们"寿延绵，世清闻，兴文教，保丰年，本乐业，身安然，龄增益，泽添延，冰雹息，水周旋，安清吉，户安康"。故而，村民对本主信仰极虔，凡生活中生育、婚姻、疾病、生子、耕种、盖房、丧葬、远行等等，都要到庙中告知本主，求得吉祥。甚至连买猪买鸡或杀鸡宰猪，也要到本主面前烧几根香，直把心里的事都说给本主，方才心安。从生到死，一生都离不开本主的护佑与安慰。

这些独尊于一个个村落中的本主，彼此无关，没有佛教道教的神仙们那种"族群"关系。至于本主成分之庞杂，真是匪夷所思。大致可以分为七类。一是自然物本主，包括太阳、山、雪、古树、黄牛、灵猴、白马、鸡、马蜂、神鹰、壁虎等。有的村庄会把一块石头或一个大树疙瘩奉为本主，当然一定是"事出有因"。比如大理阳乡村的树疙瘩本主相传曾经阻挡洪水，为该村建立过宏勋。二是抽象物本主。比如龙和凤。白族是崇拜龙的。即汪士桢说的"大理多龙"。龙是雨水的象征。但传说中龙的家庭十分庞大。比如龙王、龙母、黄龙、白龙、赤龙、母猪龙王、独脚龙王、温水龙王、马耳龙神等等，不胜枚举。不同的龙因为不同的原因成为本主，不一定都和雨水洪水有关。三是历史人物本主。其中不少是南诏国和大理国的帝王将相，爱国名将段宗榜和李宓都是著名的本主。人们敬重这些历史人物，甚至连李宓手下的爱将，还有大女儿和二女儿，也在不同的村子里被封为本主。四是英雄本主。他们是百姓敬仰的为民除害的英雄豪杰。由于年代久远，在民间已成为神话传说的主人公。周城的猎神杜朝选就是其中一位。其余如柏洁圣妃、洱海灵帝、海神段赤城、南海阿老、除邪龙木匠、赤崖老公、挖色秀才、药神孟优、独脚义士阿龙等等，多不胜数。五是民间人士。这些人士曾经都是实有其人。或做过好事，或极有个性而令人羡慕，或品德高尚被视为楷模，因此被立为本主。这种本主属于"人性神身"。六是为白族熟知的其他民族的人士，比如诸葛亮、韩愈、傅友德、忽必烈等等。七是佛道神祇。虽然本主中有佛道诸神，但本主的主流还是从白族自己的土壤中生出的令人崇敬的人物。只要全村的百姓普遍认可，便封为本主，立庙造像，烧香敬奉。由于本主曾是活人，每个本主的生日都要大事庆贺。

　　本主没有严格的教规，但在村内却有极强的凝聚力。他们的事迹村中百姓无人不晓。比如周城本主猎神杜朝选，谁都知道此地曾有一条巨蟒兴妖，掠去二女子，杜朝选与巨蟒血腥拼杀，最后斩蟒救女。这二女子知恩必报，一齐嫁给杜朝选。故而周城北本主庙杜朝选的神像旁，还有二位夫人以及孩子一家人的塑像。在白族的本主庙中人性和人间的味道极浓，这是其他宗教寺庙中没有的。特别是一些本主还带着"人性的缺欠"。

比方邓川河溪口一位本主白官老爷，性喜招花惹草，人极风流，但后来幡然醒悟，改邪归正，村民不仅原谅他，将他封为本主，还在他身边塑了一个美女。另一位身居鹤庆的风流本主东山老爷，常与邻村小教场村的女本主白姐夜间幽会。由于贪欢，天亮返回时慌慌张张穿走白姐的一只绣鞋。人们便让这两位本主将错就错，神像上各有一只脚穿着对方的鞋子。洱源南大坪的本主曾因偷吃耕牛的肉，被人揪去一只耳朵。庙中他的神像也缺一只耳朵，便是尽人皆知的"缺耳朵本主"。从教化的层面说，这些故事具有告诫的意义。但从人类学角度看，它们表现出白族特有的宽容、亲和与自由。这一点对于我下边研究和认识阿姎白很有帮助。

白族的本主庙不像佛庙道观深藏于山林之中，它们全在村内老百姓的中间。村民心中有事，如同到邻居家一样，出门走几步，一抬腿就进了本主庙。用自己创造的神灵来安慰自己的心灵，便是古代人类最重要的精神生活的方式了。白族的本主与汉族的妈祖有些相似，每年都要把神像抬出庙宇，以示"接神到人间"，同时歌之舞之，既娱神也娱人，沟通人与神的联系，使心灵得到安全感和满足感。但比较起来，白族人与他们的本主之间更具亲情感。他们连本主的脾气、性情、爱好、吃东西的口味,全都一清二楚,并像关爱亲人一样照顾本主。每个本主都有一个传说,每个传说都是一篇美丽的口头文学,收集起来便是一部民间文学沉甸甸的大书。这些本主的"本生故事",大多是曾经在人间的种种美德。白族人便以此来传承他们的生活准则、伦理模式、道德理想与价值观,以及审美。

白族人与本主沟通和祈求保护的另一种方式,是通过甲马。许多村庄的百姓把他们的本主刻印在灵便又灵通的甲马纸上。当白族的本主们登上甲马,我们就深知甲马纸的分量了。这也是云南甲马不同于其他地区纸马并具神秘感之关键。

我将云南甲马的神灵与白族的本主做比较,其结果告诉我,甲马上的神灵并不都是本主,本主也并没有全部登上甲马。其缘故有二:一是本主崇拜只有白族才有,而甲马遍及云南各族。二是甲马的精神本质源自原始崇拜的"万物有灵",它超出了本主范围。在"万物有灵"这一点上,甲马与全国各地的纸马又是一致的。

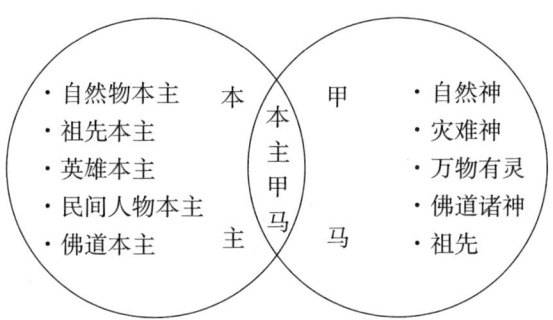

在甲马汪洋恣肆的世界里，除去大量的白族的本主之外，其他神灵大抵分为两部分：一是与物质生活相关，一是与心灵生活相关。

与物质生活相关的甲马，可以对生活——畜牧、农耕、狩猎、行路、家居、建屋、生育、健康、衣食、天气等施加全方位的保护。比如五谷神、水草大王、地母、风神、水神、树神、火神、猎神、井神、放羊哥、圈神、粪神、送生娘娘、河伯水神、金花银花、桃花夫人、土公土母、安龙奠土、张鲁二班等等。品类之多，难以穷尽。由于在人的祈望中避祸比得福更为深切，所以原始崇拜中对灾难神的祭拜要重于吉祥神。在这里，各种制约不幸与疾病的甲马应有尽有。比如二郎神（冰雹）、火神（火灾）、瘟司（瘟疫）、夜游神（噩梦）、巫蛊（神智迷乱）、虹神（小孩口吃）、哭神（小孩啼哭）、瘟哥（医神）、姑奶奶（生疮长疥）、罗昌阁大王（眼疾）、耗神（腰酸背疼）等等。比起河北省内丘的纸马，云南甲马要广泛得多。也可能内丘地处中原，生活较之开放，许多古纸马早已消失，于今存之无多。

较之与物质生活相关的甲马，另一部分与心灵生活相关的甲马就更加丰富了。这是甲马真正价值之所在。

从这一类甲马中，可以看到古代白族对大自然的亲和与崇敬（岩神、太阳神、山神等），对不可知的自然力量的畏惧（火龙、巫师、三木天王、太岁等），对人间祥和的向往与追求（匹公匹母、小人子、解冤结等），对意外不幸的担心忧虑（命符、退扫、床神、平安大吉、六贼神和驱鬼等等）。还有很多甲马体现人们对死者灵魂安宁的企望，这一切使人想到原始祭祀中的招魂。这些甲马无疑都与博物馆里远古先人的祭器相关相连。

甲马几乎渗透到人们现实生活和心灵生活的所有角落！

在大理，我邀集了一些本主文化与甲马的专家座谈。最令我吃惊的是，其中二位专家收藏的甲马都达到一千多种。他们展示其中的一小部分，已使我如醉如痴。那种神奇又神秘的气氛、怪异荒诞的形象和莫名的由来，使我感受到与其之间，一如大漠荒原，空荡旷远，无法计量。那种粗犷与野性，近乎原始。然而其中生命与灵魂的张力，犹然令人震撼。经他们介绍，其中不少是早已不再使用的古纸马。当我们了解到每种甲马都承载着一种古俗或一个使用的传统，更为白族文化的深厚和博大而震惊！

由此，回到本主文化来说，白族现存的本主庙有413座。而历来就有500神主之说。每一个本主后边都是一大片的背景；都有各自的故事传说和一整套特立独行的祭拜习俗，甚至连祭祀哪位本主的食品必须使用什么，禁忌什么，都有规定。这些习俗只在本村适用，互相决不通用。我们常说的"五里不同风，十里不同俗"，在大理的本主文化中表现得非常突出。最珍贵的是，这一切都是活着的。前些年一位村长为人民做了好事，被本村人立为本主。他的庙和神像在村里，他本人如今也生活在村里。

可是，本主文化的另一面是悄悄的消解与中断。

在鹤庆的新华村，传统的银器工艺正在引发旅游热。村口的广场上停满了花花绿绿的大巴，游客们抱着亮闪闪的银器横冲直撞，东冒一头，西冒一头。我问一位年轻的干部该村的本主情况，他已经张口结舌说不出来，随后居然用港腔说一句：

"不好意思。"在周城，南本主庙赵本郎的故事早就不为人们所知，更别提浩如烟海的甲马，一不留意，即刻随风飘去。

在文化遗产中，我更重视非物质的部分，因为它的口传性决定了它相当脆弱的命运。实际上所有物质文化遗产中都包含着非物质的内容。比如敦煌石窟中各朝各代画工们作画时的习俗和技法，谁还能说出？由于那些口头和非物质的内容中断了，剩下的只有洞窟中物质性的壁画和泥塑了。非物质遗产主要是人的内容，或是通过人传承的内容，它保留在口头记忆里。如果有一天，我们对甲马上的大量的灿烂的口传故事与习俗忘记了，那么白族留给未来的最多只是一大堆茫无头绪、百思不得其解的民俗图画而已。

所以，在启动甲马抢救和普查的会议上，我们特别强调，一定要把每一张甲马的身份、背景及承载的各种记忆性的信息调查清楚。说到这里，我忽然想到它既是民间艺术，又是民间文学和民俗呢。但是至今，我们对白族各村的本主并没有彻底摸清，对甲马更是如此，究竟它是一千多种、两千多种、三千多种，还不得而知呢，更别提它无形地承载多少历史与文化的信息了。这件事多么浩大与沉重！然而几位本地的研究甲马与本主文化的专家却说他们一定会做好这件事。他们没有慷慨激昂，点头承诺时却没有半点犹豫。我知道，承担的另一面一定是爱，而文化遗产只能在自觉的爱中才能保存下来。

解密阿姎白

去剑川石窟看阿姎白真费了不少周折。本该从大理直抵剑川，由于鹤庆那边有事，下一站又是丽江，只能另走一条路，便与剑川擦肩而过。人在丽江时，心里仍放不下阿姎白。最终下决心放弃了泸沽湖之行，掉转头来，翻山涉水，来到剑川的石宝山。

在白族语言中，阿姎就是姑娘，白是掰开和裂缝的意思。阿姎白是姑娘开裂地方，即女性的生殖器。但世界上还有哪个民族把它雕刻成一个巨大的偶像，赤裸裸一丝不挂地放在石窟中供人祭拜？前几年，世界妇女大会在北京召开，一些西方代表专门跑到剑川，来见识见识闻名已久的阿姎白。真的看到了，全都目瞪口呆。

说实话，我并没有这种好奇心。吸引我来的缘故，是我不相信那种通用的解释——它是云南佛教密宗思想的产物。甚至追根溯源,说它来自印度教中具有性力崇拜的湿婆神。我第一次看阿姎白的照片时,照片拍得模糊,那阿姎白黑乎乎的,分明是一尊佛。

车子进石宝山,即入丛木密林。外边树木的绿色照入车窗,映得我的白衬衫淡淡发绿。还没来得及把我这奇异的发现告诉给同车的伙伴,沁人心肺的木叶的气息,已经浓浓地渗入并贯满车厢了,真令人心旷神怡。跟着,车子进入绿色更深的山谷。

陪同我的一位剑川的朋友说,每年的七八月,著名的石宝山歌会就在这里。到这时候,大理、洱源、鹤庆、丽江、兰坪一带的白族人,穿戴着民族服饰,手弹龙头三弦,聚汇到这里唱歌、对歌、比歌、赛歌,用歌儿一问一答,寻求臆想中的情侣。动听的歌声贯满这深谷幽壑,翠木绿林为之陶醉。一连几天纵情于山野,人最多时达到数万。这位朋友还说:"在这期间,不少女子——有结了婚的,也有没结婚的,跑到山上阿姎白那里,烧香磕头,还用手把香油涂在阿姎白上,祈求将来生育顺当,不受痛苦。一会儿你就会看到,阿姎白给摸得黑亮黑亮,像一大块黑玉!"

剑川这位朋友的话,叫我在见到阿姎白之前,已经朦胧地理解到它的由来。

剑川石窟凡十六窟。石窟自道边石壁凿出，石质为红砂石，这颜色深绛的石头与绿草相映，颇是艳美。阿姎白为石钟寺第八号窟，窟形浅而阔，大大小小的造像与佛龛密布其间，都是浮雕和高浮雕，上敷五彩，斑斓华美。中开一洞形佛龛，就是阿姎白的所在地了。第一眼看上去，便让人起疑。龛外一左一右为一对巨大的执刀佩剑的天王。难道阿姎白也需要天王守候吗？龛楣莲花宝盖上有墨书题记。年深日久，字迹漫漶，缺字颇多。所幸的是竟残留着建窟年代，为"盛德四年"，乃是大理国第十八代王段智兴的年号，这一年是宋淳熙六年（1179）。值得注意的是，墨书题记中没有阿姎白及相关的记载，却有"观世音者""天王者""造像"等字样。那么洞内的雕像就应该是佛像，而非阿姎白了？

探头于洞中。中间即是阿姎白。一块巨石，上小下大，端"坐"石座上。此石极其粗砺，貌似自然石，中开一缝，缝沟深陷，两边隆起，如同花瓣，由于人们长期用手抹油，日久天长，亮如黑漆。这样一个巨大的女性生殖器立在这里，的确是天下的奇观！这样直观和直白的表现，亦是世上无二。

然而，细看龛内两边石壁上，浮雕着两组佛像，左为阿弥陀佛，右为毗卢佛。造型严谨，雕工精整，明显是汉传佛教艺术的风格。于是，问题就出来了：阿姎白的雕刻完全是另外一种方式，好似刀劈斧砍，极端的写意，既粗犷又粗糙，绝非雕工的手法。而从阿姎白上那一条条生硬的刻痕看，无疑是石匠之所为。这说明，阿姎白与龛内外的佛像完全是无关的两回事，决不是同时雕刻出来的。那么阿姎白是怎么跑到佛龛上去的？

我忽然发现，阿姎白下边的石座是一个莲花座。莲花座前边的雕花已经剥落，但靠在里边的复瓣莲花完好如初，刻得很好，打磨得也柔细和光滑，与龛内石壁上那两组佛像的浮雕属于同一种语言，但与莲花座上连为一体的阿姎白却风马牛不相及。

我已经明白了！于是，离开佛龛后退几步，再远观一下。这阿姎白分明是佛的形状。上小下大，稳稳坐在须弥座上。而阿姎白——女性生殖器的形状应该上大下小、上宽下窄才是。原来这里本是一座佛的坐像，是不是后来佛像残了，被后人改造成这个样子？

进一步再从历史和艺术上进行推论：

剑川石窟的兴建是在白族政权南诏国和大理国时代。按洞窟中的纪年，由公元850年至1179年，前后三百年。这期间，正是佛教大举进入云南的时期。白族人南诏和大理的政权和历史上西北的许多少数民族政权一样（如鲜卑的北魏，党项的西夏，蒙古的元朝等），都曾利用佛教作为精神统治的器具。兴建寺庙与洞窟是普及佛教最重要的方式。南诏与大理都是"政教合一"，剑川石窟的兴建就是一种官方行为了。这也表明为什么石窟中会出现南诏大理王朝政治生活的浮雕画面。如此弘扬佛教的石窟，无论如何也不可能出现"阿姎白"的形象。

再从剑川石窟的雕刻风格上看，从南诏到大理这几百年间，虽然有时代性的变化，但都是一脉相承，并明显地与重庆大足、四川广元等地石刻如出一辙。这恐怕与南诏国多次对四川等地发动战争并掳掠大量艺人工匠有关，这在《通鉴》的"唐纪"中有许多记载。因此，无论造像的整体造型、形象特征，还是衣纹的刻法、剑川的石雕都像是出自大足的刻工之手。这种风格是严谨的写实主义的，决不可能从中冒出具有强烈象征意义的阿姎白。

剑川石窟的开凿终结于南宋，至今八百年。在漫长历史的磨难中，有自然消损也有人为破坏。窟中造像破损甚多，有的缺失佛首，有的臂断身残。许多造像上都有后代人修补时榫接的洞孔。这便是再造阿姎白的背景。没有疑问了，阿姎白是利用一尊残损的佛像改造和再造的。很清楚了，阿姎白不是云南佛教的密宗思想使然。不是佛教的创造，而是再造。那么是谁再造的？是民间。这再造的精神动力来自哪里？来自民间——一种民间的精神。

这民间的精神，在上一节关于白族本主文化的阐述中已经说得很明白，那便是信仰选择的自由和对于人间情爱的宽容。而这种精神，在一年一度石宝山歌会如此浪漫而自由的天地里，更加无拘无束，恣意发挥。阿姎白的出现，势所必然。

然而，阿姎白可不是性崇拜，而是生殖和生命崇拜。

远古时代的人，无力抵挡各种灾难的伤害，生命的成活率很低，为了补充自身的缺失，生命的繁衍便是头等大事。人自身的生殖的器官变得至高无上，而渐渐演化为一种生命的图腾。几乎所有古老民族都出现过生殖——生命的崇拜。但这个具有原始意味的生命崇拜缘何一直保存到今天？每逢七八月，它依然被人们顶礼膜拜？人们抹在阿姎白上新鲜的香油使得这片山野飘动着奇特的芬芳。

从这个意义上说，阿姎白是个奇迹，是如今还活着的极古老的文化。它活着，不是指阿姎白这块不可思议的"石头"，而是人们对它的崇拜，是它亘古不变的灵魂——那就是对生命的热爱与虔诚。此外白族人还用一代代人传承下来的各种风俗——本主信仰、绕三灵、三月街、青姑娘节、火把节等等来诠释他们对生命的理解。同时又依靠风俗这种共同的记忆，把他们的民间精神像圣火一样传递下来。

别看我对阿姎白有一个"突破性"的发现，但它告诉给我的更多。那就是，如果我们遗弃了有关阿姎白的口头记忆，最终它留给后人的只是一块被误解的胆大妄为的疯狂的性的石头。

就像一些古村落，将其中的百姓全部迁出，改作商城，其中一切人文积淀和历史记忆随之消散。也许在建筑学者的眼中它风貌依存，但在文化人类学者的眼里，它们不过是一群失忆的、无生命的古尸而已。

有形的文化遗产可以作为旅游对象而被豢养，不能被消费的无形的文化遗产怎么存活？市场可以使没有市场价值的事物立足吗？纯精神的历史事物注定要被人们渐渐抛弃吗？

2004.7 天津

偯家·反排·郎德

不入深山，焉知苗寨。

然而，车子真的驶进大山，却像登上老虎的肩膀。狭窄的山路在一千米的高山上左拐右拐，所有折返全都是死弯儿，偏偏又下起了雨，从车窗下望，烟云弥漫的山涧深不见底，心里就打起鼓来。忽然一个鲜蓝色的大家伙出现在挡风玻璃上，连司机小阎——这个行走山路的老手也不觉脱口惊呼一声"哦"。原来一辆出事的大卡车歪在路边！幸亏路边多出一块半米宽的小平面把车子扛住，否则早已落下深渊，粉身碎骨。我说，这司机命有洪福，被老天爷"拉了一把"，但听了我这话没有人笑，也没人搭话茬。车厢里隐隐有种恐惧感。只听见车轱辘在泥路上拧来拧去吱扭吱扭的声音。可是，当车子停在一个宽敞的地界，下了车，抬头一瞧，马上换了一种感觉和心境——就是再险的道路也得来。一片苗家的山寨如同一幅巨型的图画挂在天地之间。

几乎所有苗寨都藏在这偏远的大山的皱褶里。

现代化的触角伸到这里来了吗？喜欢异域情调又不畏辛苦的旅行者到这里来了吗？当我注意到又长又细的电线、电话线已经有力地通进山寨，我相信这里的文化一准会发生松动。这是我此行考察要关注的"点"。我要顺着这电线和电话线去寻找我的问题。

我把几天里跑过的山寨，按照它们所受现代化影响的程度由弱到强排一排队，前后顺序应该是黄平枫香寨、台江反排寨和雷山郎德寨。枫香寨和反排寨在2002年刚被当地县政府列为"生态保护区"，而郎德早在1986年就被辟为省级"村寨博物馆"，2001年被列为国家重点文物保护单位，早已是贵州省极富名气的旅游胜地之一。

黄平县僅家的枫香寨包括49个村寨，鸟儿一般散布在云贵高原东南边缘的千米大山上。在刚刚修好的一条盘山公路之前，僅家人基本上与世隔绝。驱车入寨时，常常会有一头水牛停在路上，按喇叭也不动。它不怕汽车，这些老牛的祖祖辈辈也没见过这种家伙。至今㑉家人还在使用半原始的耕作方式，所以无论是自然还是人文，这里都是原生态的。

㑉家人穿着他们红白相间的民族盛装夹道而立，唱着歌儿，并在村口中央设拦门酒，敬酒扣饭，把装在绿草编的兜儿中的红鸡蛋挂在我们的脖子上。此时，我着意地观察他们的表情，一概是真心实意，纯朴之极，没有任何表演之嫌。跟着那些花儿一般的姑娘们，一群群迎上来拉着我们的胳膊时，热情又亲切，他们自古以来就是这么迎接贵客。

㑉家人自称是射日的羿的后裔。这不仅象征地表现在他们头饰上——插着一根银簪，还表现在各家祭拜祖先和神佛的神龛上悬挂着的竹制的弓箭上。㑉家人不承认自己属于苗族，是一支有待识别的民族。它们的文化自有完整和独特的体系，从语言、信仰、道德、伦理、建筑、器物、工艺、节庆、礼仪、服饰和文艺，都有独自的一套。这是世居此地两万多㑉家人千年以上历史积淀的结果。而今天，依旧活生生地存在于㑉家人的山寨里。祖鼓房里的香烟袅袅飘升；早晚就餐前以酒祭祖；房前屋后摆着泛着蓝色的用于"蜡幔"的巨大的染缸；墙壁上挂着许多牛角、猪蹄、鸭毛,是亲友间互赠牲畜礼尚往来的依据……我在这里只看到一件"外来文化",竟与我有关。在一位银匠家的神龛两边,居然贴着各一幅《神鞭》的电影剧照,却也是十几年前(1986年)的了。当地人说傫家人是羿之后,天性尚武,故而对善使辫子的傻二抱有兴趣。他们从何处得知《神鞭》,读书?看电影?不得而知。反正当今的科学万能,世界上任何地方也无法封闭了。

  傫家人送别客人时的礼节可谓惊心动魄。当你从山上的小路走下来时,几百个身穿华服的傫家女子会簇拥着你漫山遍野地随同而下。你走小路,她们就走在路两边青草齐腰的野山坡上。她们红色的服装在绿色的山野上像火苗一样跳跃,身上到处的银饰在阳光里闪闪烁烁,好似繁星闪着细碎的光芒。一路上她们还一直不停地唱着山歌,把一杯杯糯米酒送到你的口边。这种礼节充满着原始的纯朴、真率与激情。如果这里被开发旅游了,还会有这种场面吗?或者说,它情感和文化的内涵还会这样纯粹吗?

  台江的反排苗寨是一个十分独特的苗族分支。只有1500人,生活在大山夹峙的山坳坳里。依山而建的单坡吊脚楼与重重叠叠茂密的树木及其浓郁的沁人心肺的木叶的气息相融一体。反排苗人来自远古的长江流域，及今四十五代。在上千年漫长的历史时间里，反排苗寨是由一套极特殊的社会机构——"将纽"（祖先崇拜）、"议榔"（寨规民约）和理老（民间权威）来规范的。在山寨中间一个斜坡上，一块突出地面、半尺来高、黑色方形不起眼的小石柱，就是全寨最高贵的"议榔石"了。直至今天，山寨每有大事，鼓主、寨老和村长都要在这块具有无上权威的石头前商议并做出决断。至于这小小山寨的生活习俗、婚丧仪规、节日庆典、传说艺术、装饰饮食，也都有特立独行的一套。山寨里最引起我关注的是那些石头的神像。这些神都是自然神。人们相信万物有灵，井有井神，水有水神，山有山神，风雨桥的桥头有桥神，他们还敬拜大树和巨石；神像没有任何人工雕造，都是自然的石头，但都是些有灵气的石头。一块石头，前边神奇地伸出一个"头"，正面似脸，又有某种不可思议的神气。这些石头的神像是从哪里发现的，谁搬到这里来的，有多少年，没人知道。

小小的反排寨驰名于黔东南，是由于他们能歌善舞。这种用于祭祀祖先的舞蹈极有特点。在木鼓与芦笙雄厚而和谐的伴

◇黔东南台江县反排村有一种舞蹈,动作又大又美,充满激情

奏中，年轻人有节奏并起劲地一左一右大幅度地翻转上身，四肢如花一样开放，动律强劲又流畅；姿态奔放又舒展，气氛热烈又凝重。单凭这木鼓舞就把这支苗人的历史精神、地域个性和独自的美感全展示出来了。

可是当他们在山寨前的小广场上以木鼓舞对我们表示欢迎时，站出来一个身穿民族服装的姑娘，用都市舞台上的腔调来报幕，马上让我感到他们在追求都市的认同。他们这样做，既是自觉的，也是不自觉的。这便反映了一种文化的趋向——弱势文化向强势文化的倾斜，本土文化向全球性流行文化的倾斜。

反排苗寨的木鼓舞早在1956年就参加了全国农民体育运动会的演出。改革开放以来，不仅跑遍大江南北的大都市甚至到中南海内献演，而且到许多欧美国家参加艺术节。在这样频繁的商业或非商业演出中，他们的木鼓舞还会保持多少原发的情感，那种祭祀祖先时心中庄重又豪迈的情境？他们的艺术名扬天下当然是好事，但是否会不幸应验了德彪西那句话：牧童的笛声一旦离开乡村的背景，就会失去生命。

更加深我这个想法的是在雷山县著名的郎德寨中。一场音乐会式的演出中，报幕的女孩子居然带着港台腔。在这古老的村寨里，虽然山水依旧，风物犹在，但在吊脚楼下、街口处，常常会有身着民族服饰的妇女挎着小竹篮，上来兜售此地的土产。诸如仿制的银冠和银镯、玩具化的竹笙和简易的绣片等等。一些有特色的吊脚楼已经被开辟为"景点"。在一处临池的木楼上，几位盛装女子背倚"美人靠"在刺绣，墙上挂着她们的绣品；栏杆外的池水被一片青翠的浮萍铺满，再后边是秀美的山川与高高低低的山寨。这漂亮的场面好像在等待拍照，或是等着游人挤在中间合影留念。他们的风俗、特色乃至生活都在商品化吗？我忽然想，这就是㑆家香枫寨和反排苗寨的明天吗？

生活在这浩荡而峥嵘的贵州高原上的人们，有多达49个民族身份。其中32个外来民族，17个世居民族。他们在相互隔绝的历史生活中，创造了斑斓多姿又迥然各异的文化。由于传承有序，很多文化都是高深莫测的"活着的历史"。然而，在进入二十世纪八十年代时却遭遇到它们的终结者——现代化和全球化。

它们也有幸运的一面，是此地的政府与文化界觉悟得早。自八十年代这里便有了初步的保护措施。九十年代以来，一些保持原始生态并拥有珍贵文化遗存的村寨被列入省级文物保护单位。1997年中挪合作分别在梭戛（苗族）、隆里古城（汉族）、镇山（布依族）和堂山（侗族）四处建立了"生态博物馆"，从而将这个诞生于法国的一种全新的文化保护的概念与方式，注入到贵州这些日见衰竭、亟待抢救的文化肌体中。法国人对待"生态博物馆"这一概念的明确定义是"在一块特定的土地上，伴随着人们的参与，保证研究、保护与陈列的功能，强调自然和文化遗产的整体，以展现其有代表性的某个领域及继承下来的生态方式"。无疑，这是现代文明最科学的体现了。贵州历来有一批专事民族文化研究的学者，他们的优良传统是一直坚持艰辛的田野调查，因此各民族的文化底细都在他们心里。在他们的参与下，贵州可否建成一个世界级的多民族生态博物馆群？

然而，事情又有不可抗拒和不幸的一面，便是历史文明在当代瓦解速度之快超出我们的想象。当代人被消费主义刺激得物欲如狂，很少有人还会旁顾可有可无的精神。失去了现实和应用意义而退入历史范畴的民间文化自然被摒弃在人们的视野之外。因此，现代化和全球化对它的摧毁是急剧的、全方位的、灭绝式的，几乎是一种文化上"断子绝孙"的运动。只要看一看大江南北大大小小城市与县城的趋同化和粗鄙化的骤变就会一目了然。

尽管少数民族的村寨都在偏僻之地，但凡是被现代化触及的，即刻风光不再。一些村寨已经被改造为单调的工业化产品一般的新式建筑群；大批年轻人摆脱了千年不变的劳作与生活方式，走出村寨到外地打工，一切人文传统因之断绝，单是黔东南地区到江浙一带打工的人数已逾三十万。逢到过年时带回来的往往是王菲和任贤齐的磁带。当电视信号进入山寨，人们自然会把现代都市生活视如缤纷的天国之梦，那些与生俱来的传统风习便黯淡下去。这种冲击是时代的必然，但也正从心灵深处瓦解他们独自的精神。他们怎样才能从人类文明的层面看到自己文化的价值而去珍惜它、保护它、设法传承它？

如今使用自己民族语言的村寨急剧减少。仅举天柱县为例：2002年侗族村213个，只有145个使用侗语；苗族村112个，操苗语的还剩下32个。眼下，30岁以下的年轻人基本上不穿民族服装，在反排苗寨我还看见一位穿牛仔裤的女孩子，竟和那些站在上海外滩与北京王府井街头的女孩一模一样，那些母亲与祖母传下来的精美绝伦的头冠、项圈、手镯、耳环、压领、凤尾和头花呢？十年前，一位法国女子在贵阳市租了一套商品房，花钱雇人去到各族村寨专事收集古老的服装与饰物。这套房子是她聚集这些珍贵的民族民间文物的仓库，每过一阵子，便打包装箱运回法国。她在此一干就是六年。最后才被当地政府发现，警醒之后把她轰走。且不说这位法国女子弄走多少美丽又珍奇的文化遗存，看一看北京潘家园古玩市场的民族物品商店上成堆的民族服装与器物，就能估算出那些积淀了千年的村寨文化飘零失落的景象。而他们口头不再传说的故事、歌谣和神话呢？又流散到哪里去了？不是正在像云烟一样消失得无影无踪？我们现在要做的是跋山涉水去到村寨里把那些转瞬即逝的无形的文明碎片记录下来，还是坐在书斋里怨天尤人地发出一声声书生的浩叹？

我看到一个村寨打算建立"文化保护区"的报告中的一句话是：要"在接待外来观光、旅游、采风、寻古探奇的客人的食、住、游、购、娱等方面形成一条龙服务"。如果真的实现这个想法，恐怕他们的民族文化最终都会像美国人夏威夷的"土著文化"——变成一种用来取悦于人而换取美元的商品。

少数民族存在于自己的文化里。一旦文化失去，民族的真正意义也就不复存在。这恐怕是对于少数民族文化的抢救和保护真正意义之所在。

而对于正在无奈地走向贫乏和单一的全球化的人类来说，则是要尽力扼守住一份精神的多样。

2004.1.28

王老赏

我最初知道王老赏是四十年前。他刻刀下的那些活灵灵的戏剧人物被精印在硬纸片上，装在一个银灰色的纸盒里，让我着迷。我喜欢他那种朴拙中的灵动，还有古雅中的乡土气味。王老赏是较早地登堂入室的一位民间艺人。尽管蔚县剪纸发轫于清代末叶，但王老赏使那一方水土生出的剪纸艺术，受到世人的倾慕。

然而，当我去造访蔚县这块神奇土地时，就不只是去探寻王老赏的遗踪了，我还要了解这个闻名天下的剪纸之乡如今"活"得如何？怎么"活法"？

一入县城，一种商业化的剪纸的气氛就扑面而来。各种剪纸的广告、专门店，以及图像随处可见。

当今，各地方都在用自己的地域文化"打造品牌"，营造声势，建厂开店，拿它赚钱。这里也是一样，连王老赏的故乡南张庄也在村口竖了一块巨型广告牌，写着"中国剪纸第一村"。

这种景象，比起陕西窑洞里那些盘腿坐在炕上的剪花娘子，在阳光明媚的斜射中，弯弯的眼角含着笑，用剪布裁衣的大铁剪子随手剪出一个个活蹦乱跳的生灵，完全是两种感觉。

可是进一层观察，整个蔚县剪纸已经进入了另一种存在的形态。

首先是此地的剪纸已经进入规模生产。从县城里国营的剪纸厂到南张庄那里一家一户家庭式的作坊，雇用着少则三五人、多则数十人的剪纸工，从熏样、打纸闷压、刻制到染色，分工进行流畅而有序的流水作业。每个作坊的主人都是剪纸艺人，他们主要的工作不再是制作而是设计和营销了。原先，剪纸的忙季多为秋收后转入农闲的日子，现在则是一年四季天天如此，因为他们多是依靠各地工艺品批发商包括外商的订单来制作。

当今，蔚县境内有16个乡镇的96个村庄从事剪纸。剪纸专业村28个，家庭式剪纸作坊1100户，艺人2万余人。年产剪纸300万套，年收入3000万元。在中国许多地方剪纸艺术如入秋后的山间野树，日渐衰颓和凋零，蔚县所展示的不是一个奇迹吗？

蔚县剪纸的奇迹与它独特的艺术魅力有关。各地剪纸普遍以单一的红纸为材料，这便使得用彩色点染的蔚县剪纸独领风骚。它使用阴刻，正是为了那些大块的纸面易于着色。它在色彩上直接吸收了木版年画成熟的审美经验，遂使这种艳丽五彩、强烈夺目的民间小品成为中国文化一个典型的符号，并走向海外。如今蔚县剪纸已经不只是年节应用的窗花，它广泛地成为美化家居的饰品、馈赠友人的礼品和艺术欣赏品，融入现代人的生活。

之所以能适应这种转变，是因为蔚县剪纸还有一个优势——它是"刻"纸，不是"剪"纸。

中国剪纸有剪、刻之分。剪纸用剪子来剪，刻纸用刻刀来刻。剪纸一次只能剪一张，刻纸一次能刻许多张，多至十几张甚至几十张，成品能够一模一样。剪纸比较随意，富于灵性，线条生动，朴实粗犷；刻纸必须按照画稿雕刻，容易刻板，但可以达到极其繁复和精细的境地。这也是刻纸与生俱来的优点。它使刻纸便于成批生产，满足现代市场大批量的需求。

进入了当代商品市场的蔚县剪纸，一边在复制传统的经典，如戏剧人物和脸谱；一边创新，新题材大量涌入。当代工艺美术在题材上的新潮流彼此照搬、互通有无。如果刺绣去绣《清明上河图》，雕刻也雕，烙画也烙，剪纸也剪；如果雕刻去雕《九龙壁》，烙画也烙，刺绣也绣，剪纸也剪。于是圣诞老人、世界名都、各国总统、卡通人物，全进了剪纸。剪纸题材的开拓，原本无可厚非，尤其民间艺术是一种应用艺术，有市场就存活，没有市场就死亡。但在历史上，各个地域的民间文化都是在相互隔绝的状态下独立完成的，地域的独特性是它的本质。而民间文化与精英文化最本质的区别是：精英文化是个性的文化，是张扬艺术家本人个性的；民间文化则是共性的文化，只有那个地域的人都认同了这种审美形态，它才能够生成与存在。但是，在它进入当代商品市场之后，就要适应广泛的口味，地域性向世界性转化。随之便是原有的个性魅力的弱化与消损。

民间艺术中最重要的内涵是地域精神和生活情感。当民间艺术成为商品后，它原发的生活情感就消失了，招徕主顾成了它主要的目的。于是加金添银，崇尚精细，追求繁缛，叫人感到它们在向买主招手吆喝、挤眉弄眼，失却了往日的纯朴与率真，这也是我在当今蔚县的一些剪纸商店里感受到的。

当然，我也看到令人欣喜的另一面。

那是在南张庄，一座极其普通的民居小院，简朴的小门楼的瓦檐下挂着一块黑漆金字的横匾，上边写着"民间剪纸大师王老赏故居"。我带着一种遥远而亲切的情感走进去。虽然这里的住家早已不是王家后裔；由于事隔至少五十年（王老赏于1951年故去，享年61岁），几乎没有王老赏的遗物，但这小院却真切地保存着王老赏昔时的生活空间。瓦屋，砖墙，土地，老树，马棚，柴房……看上去都不平凡。任何故居都有一种神圣感，因为先人生活乃至生命的气息——村人称作"仙气"，总是微微发光地散布在这里的一切事物里，使凡世景象化为神奇。

我忽然想，在中国，哪里还会把一位民间艺人的故居挂起牌子，原生态地保存着？天津的泥人张和北京的面人汤——恐怕全被那些拔地而起"穿洋装"的高楼大厦踢得无影无踪了吧。

蔚县剪纸的真正希望，还是在于他们把自己的民间艺术当回事。他们有一些民间文化的学者，长期从事这一宗地域文化遗产的调查、收集、整理，并已经出版一些颇具水准的图文专著，并一次次召开剪纸艺术的研讨会。有了这般学术保证，遗

◇《三岔口》之任堂惠（王老赏作）

存就不会轻易地随风散失。他们的文化眼光比一些大城市还要深远呢。

同时，逢到春节，此地贴窗花的习俗依然强盛。蔚县的传统根基很深，单是在不同形式窗格上排列窗花的方阵，就深受周易八卦、天干地支和二十八宿的影响。此地学者在这方面有很精到的研究。看来，真正使民间文化的生态得到保护，还是要靠民俗生活的存在。

一边是传统犹存，一边是商品市场在加速膨胀，蔚县剪纸正在由农耕文化形态向现代的商品形态转化。他们将何去何从？从商品市场上看，民间文化在悄悄地变异，形存实亡；从文化生态上看，农耕文明正在日益衰竭。虽然蔚县剪纸风光尚好，也只不过由于天远地偏，真正意义的现代化大潮尚未来到罢了。他们感到这种远在千里又近在眼前的危机了吗？谁来帮助和提醒他们？

2004.1.10

内丘神码

第一次见到内丘的纸马便很吃惊。如此古朴的版画还在印制吗?

待进入内丘,这些疑讶便不问自解。

车子行在县城里,我们不知不觉不再说话,眼睛盯在车窗外边。暮色已经深浓,街两边的窗子却黑糊糊很少有点灯的,也没有路灯;垃圾就堆在道边。广告大都是单色的,一块块白板子上用红漆绿漆粗拉拉写着店铺名称。奇怪的是看不见行人,唯一有活气儿的倒只是我们这辆车子了。这使我恍惚想起二十年前去探望沦落在泊镇的姐姐时的那种凄凉。

此刻,我想起自己写过的一句话:愈是穷困和边远的地方,民间文化反而保存得更完整一些,纯粹一些。倘若真的这样,岂不更是悲哀。

我们的文化不是保护下来的,而是被历史遗忘在那里的。我们只不过没有力量去破坏它罢了。

内丘西邻三晋,东望齐鲁,北拱石门,南接邢台,身隅燕赵之地狭长的一角,与晋中、与峥嵘迭荡的太行山相连。然而,贫瘠的生活总是与灿烂的想象为伴,生出奇异的文化;封闭的世界又使历时久远的文化仍处于活态。而这种存活着的古文化,不只是一种被应用着的形式,更是其内在的灵魂。

比如内丘这里纸马的"万物有灵"。

在遥远的古代,人们对天地万物种种莫测与不解,归结于神灵的摆布。从天上不测的风云,人的祸福,意外的房倒桥榻,椅散梯折,乃至倏忽而至的畜疫与车祸,全认作神灵一时的不快与愠怒。东方先人认识世界的方式是感悟,这种感悟是一种心灵的智能。早在西汉以前,我们的先人就知道用感悟得来的二十四节气来把握农耕的节律了。

于是在人们的想象中,天地万物无一不有神灵的存在。人们把这些神灵画出来,刻印出来,并在除旧迎新的日子里,对他们焚香行礼,表达虔敬,祈望未来的日子里事事平安。这便是民间纸马的来历。能想象得出这巴掌大小的印着古怪形象的纸片上，承载着明天的祸福与安危吗？这粗砺的小画纸原是我们祖先一种庄重的精神符号。

此次对内丘纸马考察的重点是魏家村和南北双流村。内丘有三百零一个村，原本大都印制纸马，自印自用，自给自足。但经过近半个世纪的风云变幻，如今恢复刻印的只剩下七八个村庄（金店镇的魏家屯村、黄釜村、河巨村；城关镇的南双流村、北双流村、石家庄村、前鲁亭村和后鲁亭村等）。魏家屯村的魏进军家世袭此业，以家庭为作坊。印制时，夫妻联手，相当纯熟。魏进军尚有家传老版多种。诸如《连中三元》（30厘米×20厘米）、《关公像》（30厘米×20厘米）、《祖先牌位》（30厘米×20厘米）、《全神图》（30厘米×20厘米）等，皆为"大神灵"。只有一种《八仙祝寿图》（11厘米×48厘米），属于吉祥图。基本上是清末民初的刻品。

所谓纸马，就是在神像前备马一匹，供神乘骑，故称纸马。内丘的纸马分为大纸马（一称"大神灵"）和小纸马（一称"小神灵"）。大纸马是财神、灶爷、全神、门神，形式上与各地的灶王和全神一样，尺寸相同，都是30厘米×20厘米左右，也都是套版印刷，没有特别之处。但内丘的"小纸马"却极具特色。

在内丘的先人看来，只要有一种东西，必然有一种神灵在其中。有房子就有上方仙家，有井就有井神，有车子就有车神，有纺布机就有机神，有梯子就有梯神，有道路就有路神，有厕所就有粪神……小纸马上大多是这种万事万物中无所不在的神灵。前边所说在神像前画一匹马，主要是指大纸马；小纸马太小，只有神像，没有马，却也称作纸马，要不神灵怎么来到身边？

印制小纸马的画版通常采用杜梨木或枣木，刮平后雕刻。内丘盛产杜梨。宋代范成大就以一首名曰《内丘梨园》的七绝，赞颂过内丘的梨子。小纸马的尺寸一律是20厘米×10厘米，单线黑色，但不是墨汁，而是用烟黑加上水胶煮成。如果想换换颜色，不换版色换纸色，印小纸马的纸张是一种价钱极廉的白线纸，通常使用的是黄色和粉红色两种。印刷十分简便。由于画版小，无须套色，印制时只在画版刷些墨色，将纸反铺在版上，不使棕刷，而是用手掌轻轻地边按边抹即成。在南北双流村一些家庭中，至今还用这种极其原始的方法来印制纸马。

小纸马印好，由妇女放在小簸箕里拿到集上，找块空地，铺块土布或硬纸板便卖。远近各乡各县来采买年货的人，谁不顺便请些神灵回去？当地人请神像不能称"买"，而是称"揭"。买纸马称作"揭码子"。人们"揭码子"时，全凭自己的需要。倘若常常出远门，便要揭一张"路神"；家中养牛，则要揭一张"牛王"；梯子出过事，伤过人，就要揭一张"上下平安"的"梯神"。但对于"天地神""财神""吉神""喜神""土神"等等，都是必"揭"的。

在三个村子与两个集市上，我采集到的小纸马共三十六种。如下：

门君	南海大士	地藏
药王	土神	地母
山神土地	财神	老君
喜神	吉神	仓官
行雨龙王	火神	井神
青龙	白虎	场神

路神	车神	机神
仙女	鲁班	上方仙家
小仙	师祖	中梁祖
五道	鸡神	猪神
牛王	马王	牛王马王水草
水草大王神	牌位	梯神

每一纸马上，除神像外，上方有神名，简明而直观。最有特色的是，神仙的衣衫多用直线和排线，形象高古而怪异。比如土神从鼻翼两边各伸出一条胳膊，向上高举，叫人想起《山海经》中那些异人异兽。然而这奇怪的形象却颇有来头。相传土神在土里行走，故而双臂向上托举着大地；此外《世略》说"土者，乃天地初判黄土也，故谓土母焉"。再看这土神的肚子上有个◇，却正是女阴的符号。

内丘的纸马真的保持着这些古老文化的源头吗？

身在这荒僻的山村里，手捏着这些古老神灵的纸马，我的心忽地一动。如今，当现代科技的声光化电挟持着我们飞奔向前、全然不能自已之时，我们的历史生命在这里竟然如此的稳

◇内丘纸马《火神》

◇内丘纸马《土神》

固与执拗!

此刻,已近年根。此地村人的家中,小小的神灵已经处处可见。大门两旁贴着"路神"与"喜神",神像前还有一个小小的可以插香的香灰盒;院子正中摆放天地桌,上边的木龛内是"天地三界",下边则是那双手擎地的土神。房上是"上方仙家",梯子上是"梯神",粮仓上是"仓官",碾坊是"青龙",磨棚是"白虎",房外是"火神",房内是"财神",车子上是"车神",牛棚马圈上是"牛王马王",鸡窝的门上是"鸡神"……有的一脸胡须,有的满面春风,有的立眉怒目,有的则神情肃穆、莫测高深。我们来自大城市的人看到这些从未见过的面孔,自然会感到怪异;此地的村人却深知这些神灵的性情与法力,并与之神交已久,心灵互通。在蒙昧的远古,没有科学,不能解释大千世界,人对天地万物全凭感知。物我相通的两极,一边是心灵,一边是神灵。这不是迷信,而正是我们祖先天人合一的方式。此中那一份对美好生活的苦苦盼切不叫我们深深地为之感动吗?

有趣的是,当今内丘的"车神"纸马,上边的神像已然换成一个戴头盔骑摩托的男子,这是他们新造的神吗?不是。它让我们感到现代生活的触角已经伸到了这里——包括对生命的威胁。

内丘的纸马多么敏感!

在中国,内丘与云南大理的纸马是一东一西两个纸马之乡。比较言之,云南多些浪漫神奇,内丘则更高古旷远。云南的画版曲线较多,轻灵优美;内丘的刻工擅长直线,朴拙凝重。内丘虽然与武强相距不远,间有滏阳河牵连,但在刻版上——尤其是小纸马的制作上,刻艺精良的武强对内丘似无太大影响。内丘小纸马的画版都是本地木匠所为。画稿图样代代相传,地域精神衍习不变。一代代木匠用虔敬之心和粗笨的扁铲与凿子,在木版上挖出这些形象,却一样饱含着一种对生活的忠诚与恳切之情。

然而,这种纸马是应用性的。依照此地习俗,年前请神,年后却无须送神。小纸马贴在墙上、房上、井上、马棚上,任其风吹日晒,自然消失,故而古老的纸马很难存留;印画的版子也是磨损便废,没有想到保存它。故此,许多古老的纸马早已散佚。比如相传"七十二行"的祖师像,随着那些行业与作坊的消亡,大多泯灭于无。故此,在内丘我们就决定将此地纸马列入中国木版年画普查对象,并在日后出版《中国木版年画全集》时将内丘纸马与云南甲马合为一集。

我将"普查提纲"交给他们。请他们尽快成立"普查小组",并嘱咐他们一定要对全县所有村落进行一次终结性的地毯式的调查。有几种材料一定要通过普查挖掘和整理出来:

1. 内丘纸马营销地区图。

2. 内丘纸马作坊分布图。

3. 内丘纸马总目。

4. 各种纸马的张贴处、风俗内涵及其相关的民间传说与故事。

5. 古版与老纸马的原件。尤其对那些已经不再制作的老纸马要着力搜寻,甚至要做到"捕风捉影"。

癸未年底,在山东潍坊的年画会议上,内丘来人告诉我,他们已经访到的纸马多达120种,有的已是绝世的孤品。我欣喜难耐,晚餐时特意斟满了酒敬了他们一杯。

2004.1

追寻盘王图

初 遇

此事说来惭愧，初见盘王图并不是在国内，而是在异国他乡——维也纳一位奥地利朋友的家里。这位朋友是中国古代艺术的铁杆粉丝，古陶、傩面、刻石、老家具摆满里里外外几间屋；这些老东西倒是常见，但挂在墙上的一幅容貌怪异、瞠目龇牙、骑龙腾空的神像画从未见过，尤其这神仙右脚的长靴没穿在脚上，竟套在龙尾巴尖儿上。画面的色彩主要是黑墨、铅粉和浓重的朱砂，鲜艳又沉静；一种极浓烈又浑朴的乡土气息扑面而来，还有种神秘感和原始感牢牢把我攥住。我禁不住问："这画是哪里来的？"

这位朋友说:"这是你们国家少数民族的画,哪个民族不清楚,我在北京潘家园买的。你知道是哪个民族吗?"

我摇摇头。为此,在他家整整一顿晚餐都甩不开惭愧和尴尬,还忍不住不时朝墙上那幅奇异的画瞄一眼,却觉得画中那位不知名的神仙似含讽刺地瞧着我。好像说:

"你算什么中国的文化人,连我都不认得!"

回国后我曾一度着意打听这种画的身份,由于不知其出处,中国民间美术又那么缤纷驳杂,有些艺术如荒山野岭的奇花异草,难知其名,难寻其踪。这便渐渐沉入记忆深处。直到三年后我到大理邀集当地文化学者启动"云南甲马"的普查时,在大理古城一家古玩店里忽看到一种异样的画,挂了半屋子,登时一种似曾相识的感觉,夹带着强烈的特殊的气息直冲而来。这不是我曾经在维也纳见过的那种画吗?那位右脚没穿长靴的神仙不正在其中吗?它们是云南这里少数民族的艺术吗?是呵,看它的模样就不像是中原汉民族的。

经问方知,此画出自湖南的瑶族,当地人叫"盘王图"。这古玩店的店主夫妇两人都是四川人,他们经常到湖南的瑶寨去搞这种画,所以才有这么多"盘王图"。据女店主说一般人看不懂这种画，不会买，但一个法国人倒是她多年来主要的买家。这个法国人已经收集到数百幅"盘王图"，还将这种画印了一本书。说着她拿给我一本挺厚挺重的方形画册，随手一翻，里边全是这种画——各种各样的画面和形象，全是见所未见，十分诱人。这就不能不叫人佩服欧洲人对文化的见识与行动的迅捷。往往我们刚刚发现了某一种文化，欧洲人却早来干了许多年。这些年我见得实在太多！从纳西人的《神路图》到黔东南苗寨里古老的绣服与花冠，从皖赣黔川中的傩到关外的萨满，我们的足尖尚未探入，西方人和日本人早把脚印深深地留在那里。所有积淀数百年乃至千年的珍稀的遗存，只要能移动的早已被他们席卷而去。在上世纪初，伯希和与斯坦因们曾经大规模地"发现"我们一次，在西部的遗址和废墟中搬走整车整车的中古时代的经卷与文书；近三十年他们又乘着中华大地上的开放之风再一次卷土重来，踏遍山山水水，到处淘宝与掘宝。而偏偏今天的王道士要比一百年前多得多。他们这次弄走的东西远远多于藏经洞那次。可是我们的学者们在哪儿呢？是更喜欢在书斋中坐而论道，还是害怕辛苦或无力为之？

我从法国人收集和编印的这本盘王图中还看到一些穿瑶族

服装的人物以及上刀梯等等场面，相信这是具有很高历史文化价值的瑶族的古代绘画。可是那天我口袋里的钱有限，和店主在价钱上说来说去，只买到两幅。画的都是那位右脚没穿靴的神仙。其中一幅画上题写着道光十四年（1834）的年号，以及信主和画工的姓名。这都是很重要的历史信息。

如果转天有时间，我一定会为这些盘王图再来，但我必须赶往剑川参加一位白族锡制工艺传人的认定活动，不能缺席，便请大理文联的同志代我把这批盘王画全买下来，至少有六七十幅之多吧。我知道瑶族的信仰是盘古和盘瓠，民间俗称"盘王"，并向例有"祭盘王"的古俗，但从不知他们还有这种风格特异的盘王图。况且，这种画在技法上相当成熟和老练，程式性强，色彩浓烈又沉静，应是职业画工之所为。我对大理文联的同志说我一俟返回天津，马上就把钱汇来。但一周后返津才知道，那家古玩店因为在大理的生意不好，在我买画的第二天就关了门，店主已经离开大理。他们姓甚名谁，去往何处，无人能知。有人说，我这才叫擦肩而过，但也算一种幸运，总还是见了一面。我却总觉得是遗憾，甚至是很深的遗憾！

由于此次知道了这种画出自湖南瑶族，便想到去请教研究湖湘民间艺术的专家左汉中先生。谁知左汉中听罢大惊。他说他在主编《湖南民间美术全集》时，曾为寻找盘王图费大力气，但所获寥寥，后来打听到湘南江华瑶族自治县的民族事务委员会收藏了一整套盘王图。江华祭盘王的古俗极盛，很讲究挂盘王图，但如今真正的古本盘王图在江华已经十分罕见。民族事务委员会对自己收藏的这一套盘王图视作珍宝。左汉中想了很多办法才将其拍摄下来，收入画集。"你怎么会见到这么多盘王图呢？"他的惊讶鲜明地表现在他的口气中。

我便深深感到，在大理这次，一宗极珍贵的瑶文化遗存与我失之交臂了。我十分后悔当时为什么不先把这批盘王图抓在手里，再设法付钱。如果说在维也纳那次是惭愧，这一次便是愚蠢。

然而我相信，如果你真心找一件东西，那件东西一定也会在找你。我与盘王图的缘分远不会终止于此。

转一年秋天我去广西考察壮族的天琴，随后便跑到滇北一带去探访壮、苗、侗、瑶的古寨。这些地方连接贵州的黔东南，有许多原生态的古村落。黔地重峦叠嶂，山路崎岖，由那边很难进去，但从滇北却好深入。考察中翻看地图时忽然发现，那个盛行盘王图的江华瑶族自治县竟然紧挨着滇北，并与阳朔的距离不算远。我便问同来的广西的朋友："阳朔有古玩店吗？"他们说，阳朔是旅游胜地，外国人多，古玩店自然多。我便兴奋起来，说："待这边考察结束后，我想跑一趟阳朔。"当然，我是为寻找盘王图而去。

我知道，当今的中国，凡是一个地方有独特的文化，其遗存在当地却根本见不到——早被淘宝的古董贩子淘得干干净净，但是在周围一些交通便利的城市的古玩市场上却常常能够遇到。比如在赣西的印刷中心四堡，再也找不到一块古版，但在不远的厦门的古玩市场却能见到许多。这样的例子举不胜举。这也正是我说的那种"文化空巢"的现象之一。

随后，在阳朔老街的一家专事经营少数民族文化遗存的古玩店里，果然找到了久违的盘王图，大大小小十二件！令我惊异的是，一幅《天师像》上题写的年号竟是嘉庆八年（1803），其年代之古老可见一斑。而且这批盘王图的题材内容十分丰富，譬如《天师》、《三帝将军》、《四府神将》、《海番》（那位右脚没穿靴的神仙），乃至最具湘地巫教特色的《把坛大师》，一律全有。民族特色异常鲜明，画上边还有许多有价值的历史文化信

◇《盘王图·把坛大师》(清代,湖南江华,108厘米×42厘米)

息。我不会再犯当年在大理那样的错误，而是一网打尽买下来。回来之后，便将所有可以找到的图文资料全部汇集起来，进行研究，写了《盘王图初探》一文。事物的价值是在对它的认识中明确的。研究的成果告诉我，瑶族的盘王图是我国少数民族一个十分珍贵又危在旦夕的文化宝藏。我想，尽管我很难比那个捷足先登的法国人见到更多的盘王图，但我已经把它列为一个专门的研究项目了。

初　探

依据我收藏的各种盘王图凡十二件和江华县民族事务委员会收藏的一套盘王图凡十七件（见《湖南民间美术全集·民间绘画》），合并起来进行整体研究，所获竟然颇丰，并基本弄清此图之究竟，下边分为内容、文本、特点和价值四部分，逐一表述。

一、内容

盘王图是瑶族举行祭祀时崇拜之偶像。瑶族自古崇仰盘瓠，关于瑶族和盘瓠的传说都可以从上古元阳真人所著《山海经》

中找到确切的记录。瑶族人认为盘瓠是其始祖,然而在涉及世界的源起时,盘瓠又和"开天辟地"的盘古混同一起。不管学者们怎样寻找史据证明盘瓠并非盘古,但在瑶族代代传说中,一直把盘瓠和盘古认作他们共同崇拜的祖先,并称之为盘王,还以建盘王庙、过盘王节、举行"还盘王愿"等民俗活动来敬祀盘王。"还盘王愿"缘自瑶族远古的传说。据说瑶族先民迁徙渡海时遭遇到黑风白浪,船只三个月无法靠岸,危在旦夕,便乞求盘王显灵护佑,并许下誓愿。随后,盘王果然显灵,先民得以拯救。一个以还愿与敬祖为主题的习俗便越过千年,直至今日。

盘王图是举行这些节俗时必然悬挂的神像。需要说明的是,盘王图是湘南江华瑶族自治县的称谓。兰山县称之为神轴。还有的地方称之为梅山图。这里称之为盘王图应是盛行该图的江华地区习惯的叫法。

关于盘王图的内容,其中有很大成分是道教的。道教说,三清之首元始天尊在天地初开之时,曾传授秘道给诸神,以开劫度人。他这种创世行为与盘古的开天辟地极其相似,因而元始天尊又被称作"盘古真人"。在瑶族地区,就很自然被认作他们的始祖"盘王"了。盘王图中最重要的一幅神像——盘王像，便有着道教第一神元始天尊的成分。

虽然我国各地民间信仰，多是佛道儒与地域崇拜融为一体，但在湖湘大地尤其瑶族地区，道教的影响远大于佛教的影响。在盘王图中除去盘王（也是元始天尊），其他的神像如灵宝天尊、太外、玉皇、许天师、张天师、赵公元帅、东岳大帝、丹霞大帝、四府神将、三元大帝、太上老君、龙王、十殿阎君及各种护法神将，大都是道教神仙，无一是佛门诸神。盘王图中有一幅《总圣》，看上去与中原各地常见的《全神图》几乎一样。在中原汉文化地区《全神图》中，佛道儒所有神佛，无所不包，但盘王图中的"诸神"除去盘王，其他一律为道教神仙和民间诸神。如"三清"、玉皇、三元大帝、北斗七星、南斗六星、王母娘娘、众天师、众护法元帅、十殿阎君、梅山五郎、张赵二郎、瘟使、虫皇等等。在最下边还有两排乘龙驾虎、乘骑舞刀的本地巫师，正在将妖邪驱赶出家门。巫师也属道教范畴。这是其他地方的《全神图》所没有的。它具有鲜明的地域性。

盘王图的地域性，还表现在其他几个方面：一是在画面上常常会出现一位披发舞刀、赤裸上身的人物。这便是湖湘地区历来最盛行的巫教中施展法术的巫师（当地称作"师公"）。有的画面还有师公们"上刀梯"的场面。显然，盘王图要借用这些在当地极具信服力的巫教的法力，以张其威。二是画面上的世俗人物，大多穿着瑶族的服装，这种穿着的人物无疑会增加画面的亲切感，拉近了当地百姓与画中神像的关系。三是海番。海番坐骑原本是南蛇，传说南蛇脱壳后即成龙。海番因此被称作龙神，甚至被称为龙王，但盘王图中的海番与汉族的龙王形象相去千里。据瑶族文化学者张劲松先生考证，这位海番全名叫"海番张赵二郎刀山祖师"。在度戒仪式上，他骑龙而来，帮助度者上刀梯。至于他脱去右脚的靴子，套在龙尾上，是为了表示"海水奔波不溅身"。这位海番是一位湖湘南部瑶族的地方神。

在盛行"祭盘王"的湘南江华，还有一种《众神赴坛图》，它不同于一般的立轴的盘王图，而是一种手卷形式的图画，长达三米左右，其作用是把天上众神请入神坛。这属于具有独特功能的一种盘王图。

特别应该指明的是，在瑶族的始祖盘王崇拜与道教信仰之间,盘王是主体。不管它吸收了多少道教的成分,它在性质上还是自己民族的祖先崇拜而非宗教,所以在盘王图中明确地将自己的始祖盘王作为主神。

二、文本

这里先将我收集到的盘王图十二件中各方面信息列表如下:

盘王图原件一览表

编号	画名	画幅尺寸	画心尺寸	年代	内容	功德记文字	备注
1	海番	115cm×48cm	103cm×40cm	清代道光十四年(1834)	关于"海番张赵二郎刀山祖师"的记载甚少。蓝山县有一传说,在张姓和赵姓两家共用的地里长出一个南瓜,瓜熟裂开,从中蹦出一个娃娃,两家争说是自家娃娃,后取名张赵二姓,争执方息。后来这娃娃成了海番神,神名还保留着"张赵"二姓。	信士香主赵法印合家人口,自发成(诚)心,彩绘神像四轴,入于赵氏门庭,子孙供奉为记,保又(佑)人口青(清)吉,五谷丰登。道光十四年九月一日吉旦崇宁丹青,李宗彩笔。	购自云南大理古城

续表

编号	画名	画幅尺寸	画心尺寸	年代	内容	功德记文字	备注
2	海番	118cm×48cm	110cm×42cm	清代	同上。此画中海番右脚脱下来的靴子不像其他盘王图那样套在龙尾上，而是用剑尖挑着，海番衣覆的花纹明显是瑶族的图案。画面上还有一披发挥刀、正在施法的巫师形象。		同上
3	三帝将军	136cm×54cm	122cm×44cm	清代道光二十六年（1846）	三帝将军当地又称作"上元将军"，乃道教三元大帝（天官、地官、水官）的护法神。		购自广西阳朔老街
4	四府神将	136cm×54cm	122cm×44cm	同上	道教中"天、地、阳、水"四府的护卫神。下边乘骑者是这四府的"四值功曹"。中间还有一乘骑者手持牛角和尖刀，似在施法，上方还有一披发赤臂者，应是巫师。		同上

续表

编号	画名	画幅尺寸	画心尺寸	年代	内容	功德记文字	备注
5	总圣	136cm×54cm	122cm×44cm	同上	道教诸神尽在其中。下方两排巫师,正在驱赶一恶鬼,深具本地特点。《总圣》中的神仙数目多少不一,最多可达一百零八位。		同上
6	海番	136cm×54cm	122cm×44cm	同上	同上图。	信仕(士)香主×××氏男法合家人口,出(诚)心彩画神像四轴,人兴才(财)旺,五谷丰登,香门兴旺。道光二十六年丙午十一月初日吉旦。	同上
7	圣主	120cm×48cm	108cm×42cm	清代嘉庆八年(1803)	原件背面署名"圣主"。其说不一。一说盘王,一说玉皇。待考。		购自广西阳朔

续表

编号	画名	画幅尺寸	画心尺寸	年代	内容	功德记文字	备注
8	太上老君	120cm×48cm	108cm×42cm	同上	即道教三清中的道德天尊,亦老子。道教尊其为祖师,以其《道德经》为经典。太上老君手持一扇,绘有阴阳镜,象征太极分两仪。		同上
9	天师	120cm×48cm	108cm×42cm	同上	即张天师。张道陵,东汉人,道教创立者,后被神化,民间奉为降伏镇宅之保护神。	信士家冯姓合家诚心请匠到家,彩画满堂圣像共十四轴,天桥已度,保佑子孙,人丁兴旺,遗后子孙,远永(永远)流传,福有所归。丹青陈连、李肇兴笔立子(字)。嘉庆八年岁次癸亥仲夏月朔九起手望五月开光完笔。	同上

续表

编号	画名	画幅尺寸	画心尺寸	年代	内容	功德记文字	备注
10	把坛大师	120cm×48cm	108cm×42cm	同上	掌管阳界祭祀之神。画中有本地的巫师、"上刀梯"场面、吹乐和穿瑶服的人物，都极有研究价值。		同上
11	总圣	130cm×50cm	110cm×43cm	清代	此图中道教诸神，俱在其中。下方众巫师供一牌位，上书"香门兴旺"。画面上方有"福佑民"三字。		购自广西阳朔老街
12	众神赴坛图	20cm×286cm	16cm×280cm	清代	此为手卷形式，由右至左展示天上众神在法师们的鼓乐声中，来到神坛。护法神将乘骑挥刀，鼓师乐手皆着瑶装。其中有瑶族传说"黄斑饿虎咬邪精"的情节。		同上

在将我收藏的盘王图（下文称"冯藏盘王图"）与江华民族事务委员会收藏的盘王图（下文称"江藏盘王图"）进行比较分析和整体研究后，得出的认识如下：

1. 江藏盘王图是整套，共十七幅，原物主是一个人；冯藏盘王图十二幅，只有其中四幅（3—6）为一整套，其余皆为失群画作，其时代与原物主皆不相同，但所有神像在江藏盘王图中都有，这表明江藏盘王图是一套较为齐全和完整的盘王图，它包含着多组神像。每组三幅，一幅神像居中，左右神像相配。如《盘王》《水府》和《地府》为一组，盘王居中，水府与地府一左一右；再如《灵宝天尊》《玉皇》和《太外》为一组，灵宝天尊居中，玉皇和太外一左一右。此外，还有两幅一组的，多为护法神。如《四府神将》和《三帝将军》为一组，《许天师》和《张天师》为一组，都是左右相配。所谓左右，就是左幅画中人物的脸朝右，右幅画中的人物脸朝左。这样才好与主神搭配。一般是主神居中，正襟危坐，左右两幅的神仙面朝中央。

盘王图悬挂时，整体要讲究对称，每一组也要求对称。这样才能庄重肃穆，井然有序。

从现有资料看，江藏盘王图是幅数最多的了，凡十七幅。在冯藏盘王图中包含两套，幅数却各自不同。一为冯藏盘王图（3—6），画面上的"功德记"中写着"合家人口，出（诚）心彩画神像四轴"，说明这套盘王图总共只有四幅，但也是完整的一套；二为冯藏另一组盘王图（7—10），画面上的"功德记"中写着"合家诚心请匠到家，彩画满堂圣像共十四轴"，表明这套盘王图原为十四幅，现只剩下四幅，属一组失群画作。但由此表明，一套盘王图的数量是不固定的，可多可少。

瑶族人祭盘王的形式有两种，一是在盘王庙或较大空间进行的公祭（一称"众愿"），一是在家中私祭（一称"家愿"）。《盘王图》在祭盘王时悬挂，要求"满堂众圣"。由于受空间限制，空间大的厅堂可挂十多幅，空间小的厅堂只能挂少数几幅。比方冯藏盘王图（3—6），就可能因为空间小而只选择了其中的四幅。然而，不管多么少，其中必有一幅主神。这套盘王图的主神是《总圣》。因为《总圣》囊括了天地间所有的神仙，也包括盘王。所以在盘王图中，《总圣》又被称为"正坛"，是要挂在中间的。在《总圣》之外，还要配上一左一右两幅护法神像。这套冯藏盘王图（3—6）选择的护法神是《三帝将军》和《四府神将》；此外还有一幅则是最具瑶族色彩的骑龙挂靴的海番像，可见这位海神在瑶族信仰中地位的重要。

这种按自己需要来选择神像的方式，很像河南滑县的神像画。在滑县，画工也是根据主家的需要来提供不同的神像组合。

2. 从冯藏盘王图（7—10）画面上的"功德记"里的一句话"请匠到家"，可知在当地有一种以画盘王图为职业的画匠。从盘王图的画技上也能看出，这种画非常专业。特别引起我注意的是，冯藏盘王图（3—6）和江藏全套盘王图，不仅画风一致，画稿完全一样，内容细节乃至用笔技法也完全一致，甚至连功德记的词语与书法亦如出一辙。由此表明，这两套画无疑出自一个画工之手。江藏盘王图画于道光十六年（1836），冯藏盘王图画于道光二十六年（1846），前后相距十年，这说明一位名叫王家义的画工一直在江华一带瑶乡从事画业。这位画工使用民间惯用的粉本来作画，设色、用笔、图案都是程式化的，技法熟练并很讲究。再以江藏道光十六年（1836）的《天师》与冯藏嘉庆八年（1803）的《天师》相比较，就显然不是同一画工所作的了。两幅《天师》相距三十多年，非同一代人之所为，但彼此之间很多基本元素——构图、造型、开脸、图形和花边装饰都具有鲜明的传承性。由这些研究可以确信，盘王图在瑶族（尤其在江华）是一种历史悠久、传承有序的民间绘画，内容确定，形式独特。当然对其文化与艺术的特征还要进一步做具体分析。

三、特点

盘王图的特点极其鲜明,一望便知。倘未见过它,会立即产生异样之感。这表明它在艺术上已自成体系。

盘王图使用地方土纸,从纸的色泽(淡褐色)与柔韧性分析,应为湘地特产——手抄竹纸。关于手抄竹纸,《手抄竹纸》一文中有详述。

盘王图的形式为立轴,上下以草秆为天地杆。用时打开悬挂,用后卷起收藏。画幅尺寸为高130厘米左右,宽48厘米左右。画心内缩数厘米。每套尺寸统一。

画心外的四边绘有花饰。上端以墨笔画云团三朵,粗大雄厚,内卷外旋,其他三边饰以简笔花草,此为盘王图一明显特色。

盘王图最鲜明的特色在色彩上。以浓重的朱砂为主色,神仙的衣服、背光、火焰皆用朱砂,其间杂以黑、黄、蓝、白,都是瑶族喜欢的颜色。衣纹用笔粗重,面部勾线细柔,粗细对比,很有质感。染色的方法很像木版年画,以短锋粗笔一边蘸色一边蘸水,一笔可画出浓淡,有立体感。深色的轮廓线的内侧,常用白粉复勾,不仅使形象明快醒目,也使事物厚重。由于画工是职业化的,运笔相当老到,画面生动鲜活,与庄重浓烈的色彩浑然一体，画面血肉丰足，气氛雄健传神。以此为准，在至今所见到的盘王图中，冯藏盘王图（1）应为艺术上难得的珍品。

在结构上，作为主角的神立在画的正中，非常突出，下边多有胁侍的神仙或护法神将。护法神骑在马上，表示求之即来。盘王图的画面上最常见的是两种图案，一是红色火焰，一是褐色云团。前者表示法力，后者表示神在天上，高不可攀。于是满纸云烟飞动，火焰熊熊，肃穆崇高，甚至强烈。

一套盘王图，不论多少幅，都有一幅画面上用朱砂线条勾出一长形的空白，约10厘米见方，上书题记。类似壁画中的榜书和造像上的发愿文或功德记。上边记载主人的姓名、神像的幅数，以及心中的愿望；此外还要题写画工的姓名以及该画完成与开光的日期。物主一般自称香主、信士，其家庭自称香门，愿望多是"人丁兴旺"和"五谷丰登"等，具有极强的农耕生活的色彩。这种"功德记"的形式源于寺观的"庙画"，而盘王图的艺术特色却来自其独有的民族文化。

四、价值

盘王图的价值是多方面的。

一是历史文化价值。盘王图与其原始的崇拜和古老传说紧密相关,是其民族精神生活的重要内容和历史见证。盘王图是瑶族自己绘制出来的他们心中的祖先形象,它应是一种崇高的理想形态。再一点便是与道教及巫道文化的融合,形成了瑶人的理想天地与信仰世界。古老瑶族的宇宙观、生命观、价值观尽在其中。

二是风俗价值。盘王图是瑶族特有的节日(盘王节)与特有的民俗(还盘王愿)的主要的祭祀用品,是祭拜偶像。它悬挂于愿堂中央,在整个民俗活动中处于核心位置,也是民俗仪式中必不可少的核心载体,民俗意义至关重要。

三是艺术价值。盘王图是瑶族人绘制的神像类的绘画。它鲜明地反映瑶族人共有的审美与集体性格。在本文,已对其造型、结构、设色、画法,做了分析。可以说,如果缺少盘王图,我们对瑶族的民族文化的认识便会减少和变得有限。

然而,近二十年随着外国学者的文化考古和古董商贩的淘宝,瑶族盘王图已处于飘零失散、几近消亡的境地。尽管瑶族年年还在过盘王节,使用的盘王图已多为仿制品。失去了历史见证的文化一定会变得轻飘与表浅,这也是全国各族各地域民间文化日渐稀薄与弱化的缘故。

本文写到这里，刚刚忽有一个朋友拿来一堆照片，说四川一商贩手里有川北傩面与戏偶上千件。其中不少当称绝世精品，其年代，上及元明。四川各地的傩戏如梓潼戏、端公戏、鬼脸壳戏等等，以及民间木偶戏如提线偶、杖头偶、掌中偶、被单戏等等，应有尽有。我相信在这些文化的家园里，已经找不到它们的身影。就像上边说的盘王图，在江华无迹可寻，可是竟然全跑到大理的古城中挤成一堆，此后再在什么地方露上一面，随即就不知被什么人弄到哪里——最终谁也看不见。

当一种文化消失了，它最后就保留在一些残存的遗物上。如果这些遗物再离开它的故乡故土，剩下的唯有虚无。但这是我们自己把自己搞成虚无的。其缘故是我们无知，或我们只是抽象地"热爱"自己的文化而已！

可是，我们能叫后人也落入这种历史和文化的虚无中吗？谁来做？怎么做？！

2009.8

细雨探花瑶

——隆回手记之二

不管雨里的山路多湿滑,不管不断有人说"你别把冯先生扯倒",老后还是紧抓着我的手往山上拉,恨不得一下子把我拉到山顶,拉进那个花团锦簇的瑶乡。这个瑶乡有个可以入诗的名字:花瑶。

花瑶,得名于这个古老的瑶族分支对衣装美的崇尚。然而,隆回县政府为花瑶正式定名却是上世纪末的事。这和老后不无关系。

老后是人们对他的昵称。他本名叫刘启后,一位从摄影家跨越到民间文化保护领域的殉道者。我之所以用"殉道者",不用"志愿者"这个词儿,是因为志愿多是一时一事,殉道则要付出终生。为了不让被声光化电包围着的现代社会,忘掉这个深藏在大山深处的原生态的部落。二十多年来,他从几百里以外的长沙奔波到这里,来来回回已经二百多次,有八九个春节是在瑶寨里度过的,家里存折上的钱早叫他折腾光了。也许世人并不知道老后何许人,但居住在这虎形山上的六千多花瑶人却都识得这个背着相机、又矮又壮、满头花发的汉族汉子,而且没人把他当作外乡人。花瑶人还知道他们的"呜哇山歌"和"桃花刺绣"列入国家非物质文化遗产名录,老后是有功之臣,他多年收集到的大量的花瑶民歌和桃花图案派上了大用场!记得前年,老后跑到天津来找我,提着沉甸甸一书包照片。当时他从包里掏出照片的感觉极是奇异,好像忽然一团团火热而美丽的精灵往外窜。原来照片上全是花瑶。那种闪烁在山野与田间的红黄相间火辣辣的圆帽与缤纷而抢眼的衣衫,还有种种奇风异俗,都是在别的地方绝见不到的。我还注意到一种神秘的"女儿箱"的照片。女儿箱是花瑶妇女收藏自己当年陪嫁的花裙的箱子,花裙则是花瑶女子做姑娘时精心绣制的,针针倾注对爱情灿烂的向往,件件华美无比。它通常秘不示人,只会给自己的人瞧。看来,老后早已是花瑶人真正的知己了。

老后问我:"我拉你是不是太用力了?"

我笑道:"其实我比你心还急呢。你来了多少次,我可是头一次来呵。"

这时,音乐声与歌声随着霏霏细雨,忽然从天而降。抬头望去,面前屏障似的山坡上,参天的古树下,站满了头戴火红和金黄相间的圆帽、身穿五彩花裙的花瑶女子。那种异样又神奇的感觉,真像九天仙女忽然在这里下凡了。跟着是山歌、拦门酒,又硬又香的腊肉,混在一大片笑脸中间,热烘烘冲了上来。一时,完全忘了洒在头上脸上的细雨。而此刻老后已经不再在前边拉我,而是跑到我身后边推我,他不替我挡酒挡肉,反倒帮着那些花瑶女子拿酒灌我,好像他是瑶家人。

在村口,一个头缠花格布头布的老人倚树而立,这棵树至少得三个人手拉手才能抱过来。树干雄劲挺直,树冠如巨伞,树皮经雨一浇,黑亮似钢。站在树前的老人显然是在迎候我们。他在抽烟,可是雨水已经淋湿了夹在他唇缝间的半支烟卷,烟头熄了火。我忙掏出一支烟敬他。老后对我说:"这老爷子是老村长。大炼钢铁时,上边要到这儿来伐古树。老村长就召集全寨山民,每棵树前站一个人。老村长喊道:'要砍树就先砍我!'

◇给古树保护神敬烟

这样,成百上千年的古树便被保了下来。"

古树往往是和古村或古庙一起成长的。它是这些古村寨年龄尊贵的象征。如今这些拔地百尺的大树,益发葱茏和雄劲,好似守护着瑶乡,而这位屹立在树前的老村长不正是这些古树和古寨的守护神吗?我忙掏出打火机,给老人点燃。老人用手挡住火,表示不敢接受。我笑着对他说:"您是我和老后的'师傅'呀!"

他似乎听不大懂我的话。

老后用当地的话说给他听,他笑了,接受我的"点烟"。

待入村中,渐渐天晚,该吃瑶家饭了。花瑶姑娘又来唱着歌劝酒劝吃了。她们的歌真是太好听了。听了这么好听的歌,不叫你喝酒你自己也会喝。千百年来,这些欢乐的歌就是酒的精魂。再看屋里屋外的花瑶姑娘们,全在开心地笑,没人不笑。

所有人都是参与者,没有旁观者,这便是民俗的本质。

老后更是这欢乐的激情的参与者。他又唱歌又喝酒又吃肉。唱歌的声音山响;姑娘们用筷子给他夹的一块块肉都像桃儿那么大,他从不拒绝;一时他酒兴高涨,就差跳到桌上去了。

然而,真正的高潮还是在饭后。天黑下来,小雨住了。在古树下边那块空地——实际是山间一块高高的平台上，燃起篝火，载歌载舞，这便是花瑶对来客表达热情的古老的仪式了。

亲耳听到了他们来自远古的呜哇山歌了，亲眼瞧见他们鸟飞蝶舞般的咚咚舞、"桃花裙"和"米酒甜"了，还有那天籁般的八音锣鼓。只有在这大山空阔的深谷里，在回荡着竹林气息的湿漉漉的山里，在山民有血有肉的生活中，才能领略到他们文化真正的"原生态"，其他都是一种商业表演和文化作秀。人们在秋收后跳起庆丰收的舞蹈时，心中按捺不住喜悦的心情和驱邪的愿望是舞蹈的灵魂；如果把这些搬到大都市的舞台上，原发的舞蹈灵魂没了，一切的动作和表情都不过是作"丰收秀"而已，都只是自己在模仿自己。

今天有两拨人也是第一次来到花瑶的寨子里。他们不是客人，而是隆回一带草根的"文化人"。一拨人是几个来演"七江炭花舞"的老人。他们不过把吊在竹竿端头的一个铁篮子里装满火炭，便舞得火龙翻飞，漫天神奇。这种来自渔猎文明的舞蹈，天下罕见，也只有在隆回才能见到。还有一拨人，多穿绛红衣袍，神情各异，气度不凡。他们是梅山教的巫师，都是老后结交的好友。几天前老后用手机发了短信，说我要来。他们平日人在各地，此时一聚，竟有五十余人。诸师公没有施法，演示那种神灵显现而匪夷莫思的巫术，只表演一些武术和硬软气功，就已显出个个身手不凡，称得上民间的奇人或异人。

花瑶的篝火晚会在深夜结束。

在我的兴高采烈中，老后却说："最遗憾的是您还没看到花瑶的婚俗，见识他们'打泥巴'，用泥巴把媒公从头到脚打成泥人。那种风俗太刺激了，别的任何地方也没有。"

我笑道："我没看见什么，你夸什么。"

老后说："我是想叫你看呀。"

我说："我当然知道。你还想让天下的人都来见识见识花瑶！"

这话叫周围的人大笑。笑声中自然有对老后的赞美。

如果每一种遗产都有一个"老后"这样的人守着它多好！

2009.7

手抄竹纸

——隆回手记之三

随着隆回县委书记钟一凡乘车渐渐进入一片山林。湘木都像吃过激素一样,极其茂盛,车外边的树色把车厢照绿;青竹散发的清彻的气息已经充满我的肺叶。再看,四面的车窗全是画儿了。我问钟书记:"你要把我带到哪儿去?"他笑了笑,不答。从他脸上的自信与得意可以读出,他一准儿会叫我惊喜的。就像昨天他把我导入那条名叫荷香桥的古街上。不仅许多老作坊是"活着"的,连出售的布鞋、油灯、首饰、纸笔,都是老样子,说明镇上的人还在使用这些东西。我称那条罕见的老街是"时光隧道"。这位书记怎么能把那条"破烂"的街看成了宝贝?如果在大城市里,不早叫那些挂着"博士"头衔的官员们一声令下，给推土机一夜之间夷平？

马上要去的，又是一条时光隧道吗？

车子在一个小小的山口停住。不远的前边，一个新奇的场面把我吸引过去。山脚下一块平地上，几个山民在削竹皮，一棵棵刚砍下的修长而湛绿的"仔竹"，被放在三棵竹竿捆成的三脚架上，山民们手执月牙般的弯刀，削竹皮的动作老练又畅快。被刮去竹衣的竹竿露出雪白的"身躯"。不等我问，钟书记就引我去看屋外一个个方形的水池，雪白的竹竿一排排躺卧其中。我忽有所悟，便问钟书记："是不是造纸？"

钟书记眉毛一扬："你怎么知道？"

我说："别忘了你们的《中国木版年画集成·滩头卷》是我终审的。那卷书上有一节专门介绍滩头年画使用自造的土纸，而且说你们这里至今还保留着从砍竹、沤料、抄纸和焙纸的全部流程与技艺，我正想看看你们的手工抄纸呢。现在原原本本的手工抄纸已经非常罕见了。"

谁料我这几句话使钟书记更加得意。他引我往山上走，走不多路就钻进一间石头搭建的作坊里。这作坊正是抄纸房。十多平方米的空间里，一边是踩料凼，一边是纸槽和木榨。原始

◇滩头造纸削竹皮

的工具粗糙和简单得不可思议。所谓踩料，无非是把石灰沤过的碎竹倒进凼中，凼中斜放着一块竹笆，山民们靠着赤脚踩住料，用力在竹笆上摩擦，将料踩成泥状。可是光着脚和快如刀刃的竹片硬磨，不是很容易把脚划破吗？

下边的工序便是抄纸。抄纸看似容易。将泥状的料置入石质的水槽里搅匀，然后用一种细竹条编织的盘子在槽里一抄再一荡，提出来，翻过来一扣，便是一张薄如蝉翼的纸坯。一张张湿漉漉的纸坯叠在一起，直至千张，使木榨轧干水分，然后送到焙屋里，揭开烘干。于是，可写可画、金色的竹纸就诞生了。我问道："纸坯这么薄，相互不很容易粘在一起吗？"

钟书记从身旁拿了一片绿叶给我。经问方知，原是当地野生的胡淑叶，用水煮后放入纸槽中，可使纸浆润滑，抄出来的纸坯彼此绝对不粘，当地人称之为滑叶。

奇怪，这滑叶的功效当初是怎么知道的？这就不能不佩服先人、古人了！

"可是——"我又问"木榨这么重，又使这么大劲儿，上千张纸紧紧轧在一起后，又怎么一张张揭开呢？从哪里来揭呢？"

我这问题竟然引出一则民间传说。钟书记说当地抄纸的人自古都知道一个神话传说：

一天抄纸房里人们正忙，忽然一位过路的老人进来讨茶讨烟。一个年轻人嫌这老人碍手碍脚，不给他烟和茶，轰他走，谁料这老人走后，榨好的纸成了一个大坨子。人们感到纳闷儿，怎么会忽然揭不开呢？于是开始疑惑，刚才那老人别是一位过路的神仙吧，待人家不客气，人家不高兴，施个法，纸就揭不开了呗！于是大家跑出去找那老人。找到后，让茶让烟，老人喝足茶抽足烟，站起身只说了一句话："去揭靠挨身子那个右角吧！"说罢扬长而去。经老人指点，回去一揭靠身子的右角，果然一张张纸轻易地揭开了。由此，滩头的手抄纸都是揭右下角，别的角是揭不开的。为什么呢？科学的道理没人问；含着尊老敬老的那个美丽的传说，却一直在坊间随同抄纸的手艺代代相传。

上边这个传说只是众多的版本之一。传说是广泛活着的生命。往往同一个故事，在不同人嘴里说出来会大不一样。可是传说中那个化身为老人的神仙，却有名有姓，叫作李佑。仙人李佑的故事个个生动有趣，并且都与造纸有关。沤料、踩料、抄纸的几个关键性诀窍也全有李仙人的影子。传说正是由于这位仙人护佑,滩头造纸踩料时从没有划破脚的事情。可这位李佑的名字又是从哪儿来的呢?不得而知。这是滩头造纸的秘密,也是它的文化。

若说滩头的造纸文化可以追溯到隋代,及至元代此地已是长江以南的造纸中心。抗日战争期间,舶来纸的运输渠道不畅,国内用纸一时皆仰手工土纸。滩头的纸作坊竟达到两千余家。如今,随着造纸的现代化和全球化,手工土纸衰落下来。中华大地上许多土纸作坊转瞬即逝,已经鲜见原真的手抄土纸了。然而,湘中这块大地的深处却奇迹般地"收藏"着这种原版的古老技艺。从原材料、工艺、程序,乃至相关传说都一丝不苟、郁郁葱葱地存活着。据说明代《天工开物》中记载着南方造纸的流程与方法,竟与今天滩头这里的手工抄纸不差分毫。这不是活化石、活的历史博物馆、活的文化生命吗?

回到镇里,人们铺开这种土纸,叫我题字。金黄的土纸上边刷了一道本地峡山口的一种石粉,其色泽在瓷白中微微泛青,宛如天青,十分优雅。待锋毫触纸,如指尖触到温润的肌肤,微觉弹性,那感觉异常美妙。我开玩笑说:"这纸很性感。"在写字作画时,好笔好纸都会帮忙。写在这土纸上的字,竟分外显出饱满厚重，畅而不燥，笔痕墨迹自生韵味，使我自己也十分满意。瞧着这纸，我忽想该为这珍罕的遗产做点什么吧。我叫一声："钟书记——"

钟书记笑嘻嘻说："我知道你想什么。我们已经开始对滩头造纸做普查。文化档案和数据库年底可以建起来。而我们已经有了一个保护方案，一会儿向你请教。"

我笑道："你已经是专家了。"同时心想如果每个遗产都有这样一位懂文化、堪称知己的官员，我们还会焦急和发愁吗？

2009.7

邂逅苗画

今年跑到湘西考察，在凤凰城那天晚上，与当地文化界人士聚首而谈之时，看到几帧绘画的照片，令我耳目一新。墨黑的底色上彩绘着花卉鸟虫。既有装饰之华美，又有绘画之鲜活。中间多为花儿一束，枝叶向四边对称地舒展伸开，长长的碧草穿插其间，艳丽的禽鸟成双成对装饰左右，四角布置鲜花彩蝶。画面饱满精整，疏密有致，繁而不乱。一看便知是经过长久构造出来的老花样。它突然使我想起黔东南苗族妇女蜡染花布时"蜡绘"的花鸟，韩美林还送给我几大本"蜡绘"的稿样呢。而这里正是苗族和土家族聚居的湘西。我便问："这是苗族的画吗？"

当地的同志说："正是呵。"

我说我第一次见到这种画，看上去很奇特优美，也挺古老，这是什么地方的画，是装饰用的吗？

经当地的同志一讲，这画最初的用处竟然与天津进宝斋伊德元剪纸有某些近似之处。它缘自湘西苗族妇女绣花的样稿。最早苗族妇女绣花的花样也是使用剪纸。不同的是，天津进宝斋剪纸是刻纸，苗族剪纸为锉花，当地称为"锉本"。沈从文先生就曾很欣赏这种"锉本"所表达的"美好情感"。及至清代末期，一位叫王正义的精通绘画的花垣苗族人，使用白色粉浆直接画在深颜色的布上，代替了古老的"锉本"剪纸，供妇女们直接按画刺绣。这种画在布坯上的刺绣样稿，生动而富于情趣，线条流畅又具有情感，很受欢迎。可是，王正义画得实在太美了，人们舍不得用绣线把这些美丽的线条覆盖。王正义就干脆把白色的线描改成彩绘，不再刺绣，成为一种单纯的布质绘画，用于窗幔、门帘和房中装饰，很快成为苗寨中广受欢迎的民间艺术。王正义的传人为其妻弟秧初新。秧初新擅长将湘西的山花野卉、虫鸟走兽画入画中，更加惹人喜爱。于是在这一带苗区，人们都亲切地称之为"苗画"。如今那几代艺人相继去世。幸有保靖县永田河镇白河村的梁永福及梁德颂接过薪火，使得苗画仍然在山野田间花儿一般地开放着。梁永福年过七十，画艺高

◇苗画

超，气质清雅，儿子梁德颂继承家传，而且已经专事苗画了。

当我听到年轻的梁德颂在县城里还有一间小小的工作室，便约他一见。这纯朴的苗族青年拿来几幅他画的"苗画"给我看。论其画技，已相当纯熟。用笔老到，设色也考究。虽然苗画尚不广为人知，但因其气质特异，往往被来湘西的有眼光的旅客买去，这便吸引一些爱画画的苗族年轻人加入进来。据说当地一个研究苗画的小小组织已开始起步了。这可是不错的事。

我就与当地的同志研究该做的事，一是要将历史文化档案细致地整理起来，二是收集各时期的苗画代表作及相关资料，三是保护和支持梁氏传人，四是扶持苗画研究工作。一定要把事情有序地做好，万不可大呼大叫"把苗画做大做强"。文化的事有其规律，而且首先要做精做细做深。倘若闹大闹乱，那些尚未查清的乡间遗存再被古董贩子抢先一步，先行"淘"去，那便既无历史，也无未来。其中最关键的事还是要保证保靖梁氏的传承。特别要注意，正在受到旅客与市场青睐的苗画，切勿过度商业化。一旦把民族气质及其形态当作卖点，民间文化就会被"捧杀"。因之我讲了天津进宝斋伊德元剪纸的悲剧，希望能引以为戒。

2009.8

草原深处的剪花娘子

车子驶出呼和浩特一直向南,向南,直到车前的挡风玻璃上出现一片连绵起伏、其势凶险的山影,那便是当年晋人"走西口"去往塞外的必经之地——杀虎口。不能再往南了,否则要开进山西了,于是打轮向左,从一片广袤的大草地渐渐走进低缓的丘陵地带。草原上的丘陵实际上是些隆起的草地,一些窑洞深深嵌在这草坡下边。看到这些窑洞我激动起来,我知道一些天才的剪花娘子就藏在这片荒僻的大地深处。

这里就是出名的和林格尔。几年前,一位来自和林格尔的蒙古族人跑到天津请我为他们的剪纸之乡题字时,头一次见到这里的剪纸,尤其是一位百岁剪纸老人张笑花的作品,即刻受到一种酣畅的审美震撼,一种率真而质朴的天性的感染。为此,我们邀请和林格尔剪纸艺术的后起之秀兼学者段建珺先主持这里剪纸的田野普查,着手建立文化档案。昨天,在北京开会后,驰车到达呼和浩特的当晚,段建珺就来访,并把他在和林格尔草原上收集到的数千幅剪纸放在手推车上推进我的房间。

在民间的快乐总是不期而至。谁料到在这浩如烟海的剪纸里会撞上一位剪花娘子极其神奇、叫我眼睛一亮的作品。这位剪纸娘子不是张笑花,张笑花已于去年辞世。然而老实说,她的剪纸比张笑花老人的剪纸更粗犷,更简朴,更具草原气息,特别是那种强烈的生命感及其快乐的天性一下子便把我征服了。民间艺术是直观的,不需要煞费苦心的解读,它是生命之花,真率地表现着生命的情感与光鲜。我注意到,她的剪纸很少故事性的历史内容,只在一些风俗剪纸中赋予一些意味;其余全是牛马羊鸡狗兔鸟鱼花树蔬果以及农家生产生活等等身边最寻常的事物。那么它们因何具有如此强大的艺术冲击力?于是这位不知名的剪花娘子像谜一样叫我去猜想。

再看,她的剪纸很特别,有点像欧洲十八、十九世纪盛行的剪影。这种剪影中间很少镂空,整体性强,基本上靠着轮廓来表现事物的特征,所以欧洲的剪影多是写实的。然而,这位和林格尔的剪花娘子在轮廓上并不追求写实的准确性，而是使用夸张、写意、变形、想象，使物象生动浪漫，其妙无穷。再加上极度的简约与形式感，她的剪纸反倒有一种现代意味呢。

"她每一个图样都可以印在T恤衫或茶具上，保准特别美！"与我同来的一位从事平面设计的艺术家说。

这位剪花娘子到底是怎样一个人，她生活在文化比较开放的县城还是常看电视，不然草原上的一位妇女怎么会有如此高超的审美与现代精神？这些想法，迫使我非要去拜访这位不可思议的剪花娘子不可。

车子走着走着，便发现这位剪花娘子竟然住在草原深处的很荒凉的一片丘陵地带。她的家在一个叫羊群沟的地方。头天下过一场雨，道路泥泞，无法进去，段建珺便把她接到挨近公路的大红城乡三犋夭子村远房的妹妹家。这家也住在窑洞里，外边一道干打垒筑成的土院墙，拱形的窑洞低矮又亲切。其实，这种窑洞与山西的窑洞大同小异。不同的是，山西的窑洞是从厚厚的黄土山壁上挖出来的，草原的窑洞则是在突起的草坡下掏出来的，自然也就没有山西的窑洞高大。可是低头往窑洞里一钻即刻有一种安全又温馨的感觉，并置身于这块土地特有的生活中。

剪花娘子一眼看去就是位健朗的乡间老太太。瘦高的身子，大手大脚，七十多岁，名叫康枝儿，山西忻州人。她和这里许多乡村妇女一样是随夫迁往或嫁到草原上来的。她的模样一看就是山西人，脸上的皮肤却给草原上常年毫无遮拦的干燥的风吹得又硬又亮。她一手剪纸是自小在山西时从她姥爷那里学来的，那是一种地道的晋地的乡土风格，然而经过半个世纪漫长的草原生涯，和林格尔独有的气质便不知不觉潜入她手里的剪刀中。

和林格尔地处北方游牧文化与中原农耕文化的交汇处。在大草原上，无论是匈奴鲜卑还是契丹和蒙古族，都有以雕镂金属皮革为饰的传统。当迁徙到塞外的内地民族把纸质的剪纸带进草原，这里浩瀚无涯的天地，马背上奔放剽悍的生活，伴随豪饮的炽烈的情感，不拘小节的爽直的集体性格，就渐渐把来自中原剪纸的灵魂置换出去了。但谁能想到，这数百年成就了和林格尔剪纸艺术的历史过程，竟神奇地浓缩到这位剪花娘子康枝儿的身上。

她盘腿坐在炕上。手中的剪刀是平时用来裁衣剪布的，粗大沉重,足有一尺长,看上去像铆在一起的两把杀牛刀。然而这样一件"重型武器"在她手中却变得格外灵巧。一叠裁成方块状普普通通的大红纸放在身边。她想起什么或说起什么,顺手就从身边抓起一张红纸剪起来。她剪的都是她熟悉的,或是她想象的,而熟悉的也加进自己的想象。她不用笔在纸上打稿,也不熏样,所有形象好像都在纸上或剪刀中,其实是在她心里。她边剪边聊生活的闲话,也聊她手中一点点剪出的事物。当一位同来的伙伴说自己属羊,请她剪一只羊,她笑嘻嘻打趣说:"母羊呀骚胡?"眼看着一只垂着奶子、眯着小眼的母羊就从她的大剪刀中活脱脱地"走"出来。看得出来,在剪纸过程中,她最留心的是这些剪纸生命表现在轮廓上的形态、姿态和神态。她不用剪纸中最常见的锯齿纹,不刻意也不雕琢,最多用几个"月牙儿"(月牙纹),表现眼睛呀,嘴巴呀,层次呀,好给大块的纸透透气儿。她的简练达到极致,似乎像马蒂斯那样只留住生命的躯干,不要任何枝节。于是她剪刀下的生命都是原始的,本质的,膨脖又结实,充溢着张力。横亘在内蒙古草原上数百公里的远古人的阴山岩画,都是这样表现生命的。

她边聊边剪边说笑话,不多时候,剪出的各种形象已经放

◇欣赏康枝儿剪纸

满她的周围。这时,一个很怪异的形象在她的笨重的剪刀中出现了。拿过一看,竟是一只大鸟,瞪着双眼向前飞,中间很大一个头,却没有身子和翅膀,只有几根粗大又柔软的羽毛有力地扇着空气。诡谲又生动,好似一个强大的生命或神灵从远古飞到今天。我问她为什么剪出这样一只鸟。她却反问我:"还能咋样?"

于是她心中特有的生命精神和美感,叫我感觉到了。她没有像我们都市中的大艺术家们搜出枯肠去变形变态,刻意制造出各种怪头怪脸设法"惊世骇俗"。她的艺术生命是天生的,自然的,本质的,也是不可思议的。这生命的神奇来自她的天性。她们不想在市场上创造价格奇迹,更不懂得利用媒体,千古以来,一直都是把这些随手又随心剪出的活脱脱的形象贴在炕边的墙壁或窑洞的墙上,自娱或娱人。没有市场霸权制约的艺术才是真正自由的艺术。这不就是民间艺术的魅力吗?她们不就是真正的艺术天才吗?

然而,这些天才散布并埋没在大地山川之间。就像契诃夫在《草原》所写的那些无名的野草野花,它们天天创造着生命的奇迹和无尽的美,却不为人知,一代一代,默默地生长、开放与消亡。那么，到了农耕文明在历史大舞台的演出接近尾声时，我们只是等待着大幕垂落吗？在我们对她们一无所知时就忘却她们？我的车子渐渐离开这草原深处，离开这些真正默默无闻的人间天才，我心里的决定却愈来愈坚决：为这草原上的剪花娘子康枝儿印一本画册，让更多人看到她、知道她。一定！

2008.9.20

执意的打捞

——《消逝的花样·进宝斋伊德元剪纸》序

关于对进宝斋花样的兴趣,可以追溯到上世纪七十年代初。那时,我所从事的摹制古画的工作被视作"旧文化"而遭到制止,一度到一家工艺厂做美术设计。那家工厂里都是六十年代"公私合营"中兼并进来的各类手工作坊。一些小作坊到了工厂里就成了一个个小小的生产车间,其中位于南楼二层上的"剪纸车间"引起我的兴趣。一间方方正正的小屋里,四五个人,多是中年妇女,围在一张桌案上操作。我们通常说的剪纸并不是全用剪刀来剪,也使刀来刻。这里的剪纸就是一种刻纸。薄薄一叠纸固定在一个小蜡盘上,任由手中细长的尖头小刀转来转去,花儿草儿虫儿人儿随即就神气活现被雕刻出来。此前我见过的剪纸大都朴实厚重，极具乡土味儿，头一次见到这种剪纸，很小的尺寸，清新灵透；尤其阳刻的线条，简洁又精细，婉转自如，充溢着流畅的美。于是，这小小的剪纸车间常常吸引我伸头探脑地去看。直到后来才知道，这就是曾经驰名于津门的进宝斋的花样（一称"伊德元剪纸"）。然而，我在这工厂里只工作了几个月。由于打球膝部受伤，继而又埋头写小说，便离开这家工厂，遂与美妙又神奇的伊德元剪纸分手作别，手里却没留下一张这种剪纸。

八十年代，一位与我同样热爱津门民间艺术的挚友崔锦先生，送给我一本小书。书不重要，重要的是夹在书页中的十几张剪纸。崔锦郑重地告诉我："这是进宝斋伊德元刻的。"崔锦是书画鉴赏名家。无论从他说话的口气里，还是在那些夹在书页中平整而发黄的剪纸上，都叫我感受到一种古老的文化气息。一时，我还想去十多年前工作过的那个工厂，寻访一下当年进宝斋中出名的剪纸艺人伊德元，捕捉这一过往的民间艺术的踪影。然而，我那时身在文坛热辣辣的旋涡里。八十年代是文学的时代。我被数不清的文坛的事件包括我自己扰起的事件缠绕其中，以致拿不出一点时间去顾及这种剪纸。但伊氏手中种种剪刻的形象与图案，却如同小精灵般留在我的心里。

直到本世纪初，我投入民间文化的全面抢救，进宝斋剪纸才站到我的面前。可是再去打听那个工厂的剪纸车间，却早已解散。伊德元先生也早在1971年就辞世了。待知此情，大有人亡歌息和人去楼空之感。尤其是那家工厂竟没有留存一件伊德元的剪纸，历史有时有情，有时绝情，有时匆匆离去，不留下一点点可以让人依恋的凭借。

然而，我写过这样一句话："什么是缘分？就是在你苦苦寻找它时，它一定也苦苦寻找你。"

一天，一个年轻的朋友送我一包剪纸。没想到居然是进宝斋的作品，竟有数百幅之多！这位朋友是有心人，曾为收集进宝斋伊德元剪纸下过很大功夫。不单各类花样一应俱全，有些称得上是伊氏的精品力作。特别珍贵的是，还有一些进宝斋的艺人们当年的手稿画样，以及贴在绣片上尚未动手来绣的剪纸，从中可以看到当年妇女绣花的工艺程序。这些至少百年以上的藏品，有的旧黯发黄，有的历久弥新。它们的出现，好像是伊氏不甘心消匿于历史而跑来求助于我们了。

伊德元剪纸源自天津东城内文庙附近一家不大的剪纸铺，

◇清代妇女云肩

店主王进福，店名叫"进宝斋花样铺"。顾名思义就知道"进宝斋"的剪纸主要不是那种时令风俗之物，虽亦有窗花吊钱之类，但其强项是专门供给妇女衣装鞋履绣花的底样。由于天津是大城市，市井社会强大，妇女对绣花的花样需求甚巨。昔时的衣花，除去夹缬和蓝印之外，再没有其他印花手段。所以人们从身上的衣装到日用的织物（如鞋帽、衣裙、巾带、手帕、肚兜，乃至枕顶、瓶口、鞭掖、扇套、腰串、荷包、门帘、轴水等）上边的花饰，全部依靠手绣。千姿万态的花样就全依仗着剪纸艺人的不断翻新了。

伊德元，河北保定涞水人。早年入进宝斋随师学艺，学成后兑下师傅的店铺，店名依然使用进宝斋。风格技艺上师承老店古风，也有个人的创造。

由于进宝斋的剪纸主要供绣花使用，所以完全不同于一般的民俗剪纸。无论材料、构图、结构、选材、造型还是刀法，都要适合衣物的装饰与刺绣工艺。首先是多用素白的宣纸，以便贴在有色的衣料上，只有用在浅色衣料的花样才用有色剪纸，这样易于分辨，便于刺绣；其次这种剪纸必须与绣品是1∶1原大，所以尺寸很小，有的小如花生，但十分精致，当今看来，张张都是艺术品。在题材上，除去象征多子多福的胖娃娃，很少历史故事和神话人物，一般多是惹人喜爱的花鸟鱼虫和吉祥图案。在构图上，讲究有姿有态，疏密有致，以求近看精美，远看明快，这也都是服饰的需要。天津是大都市，服饰图案崇尚雅致，这种城市审美便是伊德元地域风格的成因。伊德元本人天性灵巧，颇多情趣，他剪刻的形象清新灵透，意趣盈然，颇受市井大众尤其是妇女的喜爱。在刀法上，为方便刺绣，从不使用各地剪纸常用的"锯齿"和"月牙"纹，而是自创一种十分细小的镂空的纹孔，用来刻画形象生动的细节。伊德元还善于使用连接各部分的"阳线"，独出心裁地把这种功能性的线条，变成优美流畅、婉转自如的装饰性的曲线，使画面具有特殊的生动的美感，绣在衣服上便分外优美和爽眼。伊氏的剪纸具有天津这种大城市的气质，崇尚丰富又追求雅致，特色十分鲜明，市井中人亲切地称之为"伊德元剪纸"。他的绣样还传入京城，对老北京扎花产生深远影响。

应该说，伊德元剪纸是我国剪纸遗产中一枝独特的花朵。

因之，我把它列入"中国民间美术遗产保护与研究中心"

的抢救项目之一。经过中心研究人员长达半年时间努力的搜索、调查和挖掘,其现状却令人悲观。由于社会生活方式的改变,家庭化的妇女绣花已然消失,作为绣样的伊德元剪纸也随之消失。虽然上世纪中叶,有人曾试图改变其功能,将其绣样改为工艺品,但终因未有强劲的市场支持而很快走向衰亡;现今伊氏的后代中已无人传承其艺,没有传人的民间艺术自然就中断了。

更遗憾的是,伊德元的妹妹原是伊氏剪纸的最后一位艺人,但在此次调查前的两年也辞世而去。倘若我们动手调查早两年,许多珍贵资料便可保存下来。如今在书中一些文章提到的端午中秋的伊德元剪纸世间何处能见?而活态的非物质文化遗产是最脆弱的,因人而在也因人而去。一旦失去,顷刻间烟消云散。连口述史调查都没有对象了。

姚惜云先生所说的伊德元独有的刻纸刀法——筑,显然已经世无人知,化有为无。

由于社会转型太快,转瞬伊德元剪纸快要消失在地平线之下了。多年来,我国出版的各类历史剪纸资料中,从来未见伊德元剪纸的踪影。如果不再对它伸以援手,恐怕要绝迹于世了。

于是,我们要做的是一种执意的打捞,即寻找有关伊德元的一切尚存的有价值的资料。哪怕是文字性的只言片语，一帧旧照或三两页材料，全要收罗到手。我们几乎是踏破铁鞋，把残存于世的零星的史证一点点聚敛起来。于是，这宗几乎消失的宝贵的遗产便重新有模有样了。

本书将所搜集到的进宝斋花样（伊德元剪纸）选精摘萃，分类编集，同时配以当时津城妇女旧影以及各类绣件的实物图片，将使遗存的绣品与当年的剪纸花样相互对照起来，以呈现出历史的面貌，并使本书具有生动的历史感。

本书还辑录几篇史料性文章，都是"进宝斋时代"的亲身经历者的历史写实。作者皆为八九十岁以上的老人，其资料价值十分珍贵与难得。

我们这项工作很像打捞一艘沉船。不是救生，而是打捞。救生是抢救生命，打捞则是打捞遗物。但打捞也是一种抢救，是最后的抢救。

由于我们热爱前人留下的每一份遗产，我们的工作则是尽自己的全力。因为我们知道，为了历史就是为了未来。

是为序。

2009.5.1

绵山彩塑记

——《绵山文化遗产·绵山造像》序

在我国的彩塑造像中，无论历史创造之巨还是存世数量之大，无论内涵之丰还是艺术水准之高，山西都属首位。从晋南新绛泽掌镇光村的普照寺到晋北大同的上下华严寺，历代名塑不可胜数，可是为什么没有听说过绵山的彩塑神佛呢？

世人都知道绵山是寒食清明的故乡，都知道两千年前晋国大夫介子推在绵山中那个惨烈又忠贞的故事，但很少有人知道绵山自北魏以来及至明代一直是晋中著名的宗教圣地，曾经寺观林立，僧道云集；更不知道山中还有大量极其珍奇精美的造像遗存，而这些遗存至今也没登记在各级政府文物部门的"文物账"上。

我也是直到2008年4月5日国家首次将清明节列为法定假日——那天我们把盛大的清明祭典和节日文化论坛放在绵山举行之时,才有幸看到这一大宗彩塑的财富。这一看,如同受到一个巨大的如雷轰顶般的震动!其造像数量之大,年代之远,造型传神之美妙与高超,令我愕然。不少造像如果放在《中国美术全集》里,也是上品乃至上上品。单是抱腹岩下云峰寺的明王殿,不足二十五平方米的弹丸之地,其所构造境界的博大与塑工的华美,不逊于三晋任何一座名寺。更何况山中还有十多尊唐宋以来的"包骨真身"之像。即古代修行极高的高僧、高道圆寂后,因肉身不坏,筋骨不断,由塑工中的高手,以泥包塑,再现真容。这不仅是宗教宝物,亦是绝顶的艺术珍品。何处还能见到千年来一代代圆寂后包塑真容而神态依然的古代的高僧与道人?由于这些神像是真人的身体,包在外边的泥皮历久脱落之后,连里边的粗布的僧袍,以及手骨脚筋都毕现在外。那种感觉的奇妙与震撼,真是难以形容。在宗教中,包骨真身像是僧人们修成正果的象征。木乃伊只是不朽的肉体,这里的包骨真身像却是依然活着的一种逼人的精神。可是,缘何这一切并不为世人所知?又是谁把它们精心整理好保护起来的?

原来十余年前，绵山开发旅游时，谁也不知道山里边还有大量古代造像。主持者阎吉英先生对佛教及其文化是位有心人。当他发现绵山废弃的古庙随处可见，残垣断壁、颓梁倾柱之间居然压着许多珍贵的神佛造像，有的被砸毁，有的埋没在荒草乱石间，有的还带着昔时日本人纵火烧山时留下的乌黑的炭黑，于是怜惜之情、抢救之意，随即而生。他从山西各地邀请一些宗教文化与艺术的专家来到绵山，翻山越岭，寻觅被历史遗弃之珍；同时查阅典籍和方志，探访僧人与山民，以确认每一处宗教建筑与遗址的历史，每一尊造像的称谓与阶位，并为此建立了绵山文化研究院，将山中所有的物质和非物质文化遗产，进行归纳整理。对于这些散落山间的造像分作两类做保护性安置：倘寺院依在，便加固建筑，原址保护，以保持造像原有的历史和宗教的生态空间；若寺院不存，则迁入大罗宫众妙堂，集中保护。大罗宫是在唐代原址上复建的。如今数百尊神佛造像已告别荒山野岭中的风吹日晒，迁入大罗宫后，从此安然无恙了。

如今被保护在绵山中的神佛造像，上至唐宋，下抵明清，包括辽金，凡七百余尊。既有不同时代的佛教偶像释迦、菩萨、

◇云峰寺明王殿明王头部（明代，彩塑，通高1.1米）

罗汉、弟子、天王、侍者、供奉人，也有道教诸神和民间崇拜的地方神，如绵山圣母、树神、泉神、五龙王等。这些精美绝伦的神佛造像显示了古代先民天人合一的思想，展现了古人对生命和大自然未知世界的灿烂想象。

三晋自古寺庙星罗棋布，造像高手代不乏人。晋地多青石，其石雕以云冈为代表驰名天下；而晋地又多黄土，其泥塑更是此地艺人擅长的手艺。而晋中的黄土质细，黏结力强，是天赐的雕塑材料。绵山这些雕塑历时都已数百乃至千年，长期暴露野外，无人呵护，日曝雨淋，却犹然不败，令人称奇地表现出晋地雕塑材质之优良与艺人们技艺的非凡。

而且，绵山造像皆为圆雕。大者过丈，小者尺余。形制随朝代更迭，风格缘时代嬗变，历史脉络，清晰分明。造型无不栩栩如生，情态自然传神，性格相互迥异，手法各臻其妙，或写意，或写实，或简约，或华美，不少可称中华雕塑之经典。

我想，阎吉英先生把他们能做的都已经做到了，而接下来的工作，比如断代、分类、确认每一尊神像的名称和品级，以及学术整理和延伸的研究等，就理应是我们的事了。

为此，戊子夏日，我约几位专家再上绵山，对绵山现存造像做一次全面的田野考察。一连数日，上云峰山，登五龙躔，攀李姑岩，拜谒山间寺庙，观瞻各处造像，一边调研，实地确认；一边从中选萃。继而，聘请摄影师入山拍摄，并帮助绵山文化研究院结合他们十年间辛苦得来的造像调查的全部信息，编制数据库，在此基础上，着手进行案头研究。

经过半年多时间的案头工作，已见成效。我决定以一部大型的图文集，公布研究成果，也为了向世人揭开这宗珍奇的文化遗存的面纱，展示其辉煌。同时，将其中精品选编成书，按不同性质分为《绵山造像》和《绵山包骨真身像》两集，以图像为主，同时附上我对绵山自然、人文和宗教造像及其艺术的研究文字，以使读者更深入了解和体会绵山造像之精神与气质。在版本上则使用较为普及形式刊行于世，以便向更广泛的公众推介。古代遗产的最高价值是代代后人的共享。期待这两本小书能达到上述的心愿。

2009.5.13

活着的木乃伊

——《绵山文化遗产·绵山包骨真身像》序

在晋中绵山中有一种神奇的造像,叫作包骨真身像。这种彩塑的造像内部不是一般的木制的支架和黄泥,而是真人的身体。

这是我国一种独特的宗教造像方式。所造的偶像不是神佛,而是具有极高修行的修炼成功的僧人。这种高僧通常在生命将尽时,禁食禁水。在坐化圆寂之后,如果身体不坏,形神不散,被视为修成正果,便由弟子们请来彩塑艺匠,以其肉身为胎,包塑成像,供人信奉。

关于"包骨真身",其说不一。佛教典籍中也没有确切的说法。只是《菩萨处胎经》中将修行高深的高僧不腐的遗体称作

"全身舍利"。从现有的史料看，至迟唐代就有把全身舍利制成真像的了。最著名的要算六祖慧能（638—713）的真像，至今保存在广东韶关的南华寺中，被佛教徒看作"圣物"。但他的真身成像的材料，是用胶漆和香粉。此外九华山的几尊"肉身"，也是使用这种妆漆和妆金，与绵山的以泥包塑不同。然而除绵山之外，再没听说别的地方有这种以泥包塑的真像。这是否与山西自古盛行泥塑造像有关呢？

为此我两上绵山，考察取证。能够证实此地关于"包骨真身"像的说法的有两处。一是此地流传甚久的绵山《十景歌》，就有多处直接说到包骨真身。一是至今尚存的《大唐汾州抱腹寺碑》的碑文中，明确写着唐代云峰寺的住持田志超圆寂后被"包塑真容"，而且是唐太宗敕赐的。这表明绵山的包塑真身也是始于唐代。

更值得注意的是，山西这种包塑真身的泥塑的手法与安徽九华山在肉身上直接妆漆敷金不同。九华山的方法没有"雕塑"成分，而山西的包塑真容是要依照高僧生前的容颜进行塑造的，具有艺术塑造的成分，属于一种肖像式的雕塑。

现保存在绵山云峰寺、正果寺和乾坤塔的十六尊包骨真身像，近及元明，远至唐宋。不仅有佛教僧人，亦有道教道士，都是具有极高的修炼境界者。再经民间高手的包塑，神态各异，宛如活生生坐在面前，令人心生敬畏。尤其是现供奉于云峰山顶正果寺中的唐代高僧师显真身像，其神情之沉静淡定，目光之深邃幽远，看上去使人心觉纯净，了无尘埃。一位在一千多年前即已坐化的高僧，其精神至今犹存。这不比埃及的木乃伊更奇妙吗？埃及的木乃伊徒具形骸，绵山的包骨真身的精神犹在——是活着的木乃伊。

由于绵山宗教自明代已走向衰落，庙宇寺观渐渐荒芜，数百年日趋沉寂，佛道中包塑真身之举早就中断了。及至"文革"后，绵山的宗教遗存多与断壁残垣一同埋没于草莽之间。谁也不知还有大量历代精美的彩塑遗存，尤其这十余尊包骨真身之像，居然存于世上！

绵山开发时的主持者阎吉英先生，是这一历史和宗教遗存的发现者。由于他对佛教的一往情深，使数百尊彩塑造像包括这十余尊僧人与道士的真身得到保护。这次修复是尊重历史的，其原则是一切遵循原本的位置，加固寺庙，补缀塑像。为保持历史的原真，刻意将部分残破处绽露的僧袍、筋骨和指甲，不

◇正果寺高僧殿包骨真身像《高僧师显像》(唐代,彩塑,通高0.9米)

予复原，以彰显岁月之沧桑。

现存绵山包骨真身像共十六尊。其中三尊在山间抱腹岩下的云峰寺，十二尊在五龙峰的正果寺。这些相传有序的真身像在二十世纪九十年代中期，都经过当时云峰寺住持力正和尚一一指认，并口述其历史。这些历史皆已被记录立档。此外还有一尊，原在龙头寺下朱砂洞内。本世纪初发现后，因山势险峻，难以保护，又担心被盗，便用山石将洞口堵住，后整体移至五龙躔乾坤塔内保护起来。这尊包骨真身像长脸大手，肌沉肉重，目光姿烁，张着嘴巴，似在谈话，神色逼人，应为神品。但由于所处偏远，失传太久，究竟是哪位高僧，无人认知，亦无资料，连年代也无法断定，应为绵山一谜也。

现将收集到的各种资料汇编一起，做初步研究。然而绵山的包骨真身像仍是一个期待进一步深究的文化课题，它既是宗教史、民俗史和地域文化史的，也是艺术史的。切望本书作为引玉之砖，能使包骨真身这一神奇的历史文化现象，渐渐揭开面纱。

2009.12.6

天后宫剪纸

——为一种复兴的民间艺术叫好

近年来,社会改弦更张,物华事旺,百废俱兴;每逢旧历年根,天后宫前的年货市场又是一如当年地炽热火爆起来。过年必备的香烛、花炮、绒花、灯笼、玩具和各类干鲜小品一应俱全,更有能飞能跑能跳能叫的电动玩具,带着时代精神加入其中。在这市场上年味最浓的要算剪纸摊了。摊儿最多、最大、最鲜火,也是最壮观。倘无剪纸,宫前的年意便会顿减一半,然而剪纸被人们买去,带进千家万户,家庭的年意又增添几分。但这景况是近年才渐渐形成的,而且年年花样翻新,方兴未艾;由于受到大众欢喜,剪纸摊便由此摆到津城各处大大小小的集市上,使得向例注重过年的天津又多了一样年俗景观!

◇天后宫的剪纸市场

这种复兴的民间艺术，我们不妨称之为——天后宫剪纸。

天后宫剪纸的兴起，究其原因可归为三点：

一、天后宫一带为天津最早经济与文化的中心，也是地域和民俗文化积淀得最深厚之处。传统的年货市场一直设在宫前。剪纸作为一种此地必不可少的年饰，由此发端，由此兴盛，势所必然。二、天津为著名的民间艺术之乡。原有的"伊德元剪纸"驰名北方。这表明天津既富有心灵手巧的剪纸艺人，民间也有"扫舍"过后的"糊窗户眼（贴剪纸）"的风气。民间习俗，自然形成，难立也难灭。有如地草树花，春风一吹，繁茂似锦。三、津门是大商埠，买卖求发达，生活求吉利，过年则追求红火。应景的装饰最为讲究，为此"杨柳青年画"才名满中华。剪纸窗花历来为津门百姓所钟爱。一般家庭逢年必用自不必说，买卖家在橱窗内悬贴吊钱的习俗衍传至今，距此地二百里的京城之内却很少见。如今，时代翻涌新潮，旧剪纸虽然不合时宜，但一旦翻新，别出心裁，自然会重新成为一种受宠的年节饰品。

中国的剪纸起源于汉，至迟南北朝时期已相当精熟。然而真正繁盛起来，却是在清代中期以后。这根于近代中国城市的崛起。古老的剪纸多在乡间，以剪子铰出为主，趣味浑朴天然，都是出自农家妇女之手。剪纸进入城市后，不仅市民情趣和生活理想要渗入剪纸艺术，且千家万户拥挤在一起，相效成习，需要颇巨。剪纸艺人为了省工，弃剪用刀，一刀多张，雕镂更加细致，风格转向精巧，艺人也就不止于妇女了。然而，时代更迭、生活改变和审美转化，传统民间艺术渐渐不能适应现代需要。比如，旧式窗格多，便有"窗越"（越过窗格的窗花）与"气眼"（窗户糊纸时留一孔，贴此窗花以便透气）等品种，虽然智巧又优美，但在当今宽大的玻璃窗上则不再有用武之地。再比如，现代妇女多有社会职业，不善针线，作为刺绣用的剪纸"花样子"也就逐渐绝迹。而且，旧剪纸模式单一，花样陈旧，"门花"一对，"肥猪拱门"，千载不变，很难与现代家庭的气息和谐起来，现代人追求变化，好奇猎奇，对一成不变的事物失去兴趣。任何实用的艺术，倘无应用者需求便要消亡，若能顺时应变，自然获得新的生命。

新兴的天后宫剪纸，首先是切合新时代人的社会心理与审美要求，尤其时下国人切盼富有，剪纸艺术投其所好，契合其心态，注重盼富、图利、求吉和祈安的内涵。画面饱满，不避烦琐，反受欢迎，这也是目前人们多多益善的生活要求在审美心理上的反应。此外，新剪纸增加了生肖内容的画面，龙蛇马羊，年年更换。甚至将传统的"宝马进财"（一称"马上进宝"）图案也改为生肖内容。比如：去年是鸡年，便是"金鸡进财"；今年是狗，便改成小狗拉着装满财宝的车子跑来，成了"爱犬送宝"了。这种生肖剪纸，让人感到既亲切，又应时。当年花样，不买不行，故最为畅销。剪纸艺人可谓精明又聪明。

新剪纸的另一特征，是从其他美术借用一些形式来丰富自己，使面貌一新，比如这几年兴起的国画形式的剪纸，从体裁（中堂、条幅、横批、通景、扇面等）到内容（花鸟、草虫、人物、山水、博古等），类似国画又不失剪纸趣味，使人感觉熟悉又新颖。特别是在传统贴年画的风俗日渐衰落之际，剪纸艺人将百姓喜闻乐见的一些年画图样，刻成剪纸，如缸鱼、门神、婴戏娃娃等。传统年画往往为一些新型家庭所排斥，刻成工艺精美的剪纸就容易接受了，甚至招人喜爱。

新剪纸还有一个显著特点，是朝着精细化、高档化、豪华化发展，新剪纸不仅雕刻日求精工，有的细若发丝，曲若流水，千变万化，而且以大红和金纸为主要材料，配以彩纸衬托，艳丽多彩，金碧辉煌，益显华贵。在设计上融入现代工艺设计趣味，具有时代性，与现代家庭的室内装潢能够协调起来。尤其那些高档和豪华类型的剪纸，不仅平添年意，更增加室内的富丽感，受到现代家庭包括年轻人的欢迎。特别是年年都有一大批新图样出现；再引进蔚县风格的彩色剪纸和"竹兰梅菊"等类似文人画的幽雅题材的画面——这对人们便格外具有吸引力了。

这样，天后宫剪纸便应运而生。运气并非只靠天赐；人的运气多半靠自己创造，等来的运气大概只有守株待兔那一种。天后宫剪纸由于顺乎时代，应合民意，勇于变革，自然再获生机并大放光彩。此理亦万事之理也。

民间艺术历来分为两种。一种是由某一位艺术家个人创造的，便以这位艺术家为代表，比如"泥人张""风筝魏""刻砖刘"等；还有一种则是某地区民间艺人们集体创造的，便以这地区为标志，比如"杨柳青年画""胜芳灯笼""蜂窝麦秆玩具"和"山西孝义皮影"等。近年来，天津这个民间艺术之乡，在这两方面都卓有成就，令人欣悦。一是轻飘秀逸的王玓面塑，一是浓烈瑰丽的天后宫剪纸。虽然它们仍处在发展中，但在艺术中已渐成熟，特征确立，具有一定的审美价值。旧时代的民间艺术以买主为生存支柱，而现代社会则需要有眼光的文化人给予支持，包括研究、评论与收藏。早在元代就有了张彦等剪纸收藏家，不知当今津门有否这样的有心人？不论怎样，天后宫剪纸为津门注入一股蓬勃活力，也使传统的年意和情感深化了。应该感谢这些不知姓名却意妙工巧的民间艺术家！

1994.1 天津

东丰台年画

提到天津的年画，一准就说杨柳青，是否知道天津还有一个年画重镇——东丰台？

东丰台是今天宁河县的丰台镇，在天津版图的最东边，地处海河水系下游，近临渤海湾；这里地广土肥，水源丰沛，光照充足，是天赐的鱼米之乡。在漫长的历史过程中，积淀了深厚的农耕文化。民间花会、制陶、年画、剪纸、草编、面塑等，都是此地百姓喜闻乐见又擅长与精通的民间艺术。同时，东丰台又置身京、津、唐三市间的腹地，宁河、丰润、丰南、宝坻、玉田的交界处，自古以来就商贾云集，货物流转，因之其地域文化传播四方而远近驰名，其中最突出的是东丰台的木版年画。

东丰台木版年画的起源与北方的雕版印刷密切相关。木版年画出现于明末,兴盛于清代中期,极盛时期全镇的年画作坊多达五十余家。那时,镇上集中了一大批才高艺湛、擅长刻版与绘制的年画艺人,还有精通营销的精明画商。到了清代末期,天津西南的杨柳青年画走向鼎盛,不少丰台人便跑到杨柳青炒米店开设画店,其中义盛发、永和德、增兴、永庆和、成泰长等等名气都很大。丰台人店多势众,擅长买卖,经营得力,再加上独特的画风与高超的印绘技艺,颇受市场钟爱,在杨柳青炒米店有"丰台帮"之称,势头颇健,一时与来自河北地区另一个著名的年画产地武强的"武强帮",构成争强斗胜的局面。人称武强年画为"河西货",东丰台年画为"河东货"。

东丰台年画具有北方乡土质朴厚重的气质。虽然与杨柳青镇相距不远,但其画风——尤其是早期的画风与杨柳青却相去甚远。杨柳青年画的受众多为城中市井人家,东丰台年画的需求者都是乡间百姓,所以它在题材、造型、构图、色彩等各方面都有很浓的地域和乡土的特点。东丰台年画传人董静说:"拿胖娃娃抱大鱼举例,杨柳青人画的鱼多是金鱼,因为城里的人喜欢观赏金鱼,可是买东丰台年画的都是农民,守着河汊水沟,没有金鱼,只有鲤鱼,所以东丰台年画中的鱼全都是大鲤鱼。"

东丰台年画以套版为主，局部手绘，特别是面部和手部，画法为写意。套版一般为六块版，红、绿、黄、紫、蓝，外加一块黑色的线版。蓝色多是品青，绿是品绿，红是品色玫瑰精。不用调和色，只用原色；着色很重，对比强烈；设色不是"随类赋彩"，而是把有限的五六种颜色，相互错开，以造成缤纷斑斓的色彩效果。人脸染得十分浓艳，施粉厚，红色重，不像杨柳青年画脸颊晕染细腻而淡雅；东丰台年画中的人脸像戏剧的脸，追求强烈的视觉感染力。其画版直线多，曲线少；色块多，线条少：因之结构紧凑结实，画面具有整体感与分量感。这正是乡土艺术魅力之所在，也是我由衷喜欢东丰台年画的缘故。

东丰台年画很重视勾眼点睛。东丰台年画的眼睛是要手绘上去的。一般分"活眼"和"死眼"。神像多为"死眼"，上下眼皮是一条横线，中点一个黑点，像"工"字，因为神仙的表情必须庄重；但娃娃美人多为活眼，上下眼皮画成曲线的月牙状，再点睛，以表达人物的表情与神气，因为娃娃美人这种凡人的眼睛必须灵活，有活气儿。东丰台人把杨柳青画中那种弯成花瓣状左右顾盼的眼叫"凤眼"，但东丰台人不画凤眼，只画活眼。于是，两地年画风格立时区别开了。

◇东丰台年画《月月生金》

东丰台年画题材不广泛。早期年画多为民间崇拜的神像，主要是灶王、财神、门神和全神。后来渐渐出现一些神像之外的世俗题材，如娃娃美人、吉瑞图案、耕织图、王小卧鱼、埋金得子，以及戏曲内容（如《三岔口》《白蛇传》）等，颇受百姓的热爱。

从文化板块上划分，早期的东丰台年画，不论题材还是艺术风格，更接近河北的武强年画，而非杨柳青年画。可是自从清代中期以后，东丰台人到杨柳青炒米店开店卖画，开始接受正值全盛时期杨柳青年画的影响。当时，杨柳青的画店作坊林立，画工众多，产量惊人。在地理位置上，杨柳青又毗邻京津，受都市精英文化影响，画法崇尚工笔国画，画风崇尚精细；各地不少画师名家来到杨柳青镇授徒传艺，并为画店设计画稿，其题材变得日益广泛，年年都有大量的新画涌现，广泛受到欢迎；这便使北方很多年画产地都效仿杨柳青。

此外，杨柳青年画三个重要销售目的地是内蒙古、东北和新疆。这些地方本身都没有年画产地，却都有张贴年画的习俗和巨大的需求。杨柳青年画销往这些地方的必经之地恰恰是东丰台，然后经唐山转销到东北和西北。这样一来，北方年画业的风水就转向东丰台了。那些在杨柳青炒米店开画店的东丰台人纷纷撤回老家去，反过来杨柳青各大画店的人马都跑到东丰台开设分号，甚至把画版画案也搬过去。东丰台渐渐成了中国北方一个十分重要的年画集散地。

同时，带来的负面效应，是强势的杨柳青年画对东丰台本土年画构成了巨大的冲击。杨柳青年画题材多，做工细，销路好，东丰台年画为了生存，只好向杨柳青年画一边倒了。有的干脆仿刻杨柳青的画样和画版，致使杨柳青画店刻制新版时，常在版边边栏着意镌刻一排"预先通知，丰镇同行，忌翻此版，小号谢谢"的字样。这是民间艺术史常见的同化或兼并的现象，其原因是民间艺人对自己的艺术特征并不十分清楚，为了生存很容易就放弃自己，没有文化上的自觉。这样一来，东丰台年画与杨柳青年画的风格界限渐渐变得模糊，致使人们长期误以为东丰台年画是杨柳青年画的一个分支，把它们归为同一个艺术体系，忽视了东丰台年画的独立性。

东丰台年画由盛而衰是在日本侵华期间（二十世纪四十年代），冀东沦陷，日伪政府强行掠夺东丰台画店的大量古版，运往关外，以充作满洲文化，来混淆我民族意识，这使得东丰台年画伤筋动骨。

此后，由于社会变迁，"文革"破坏，地震灾难，再加上生活方式的转变，到了上世纪七十年代，东丰台年画已鲜有制作了，传承人寥寥无几，到了消亡的边缘。

记得那时候，我为了单位裱画的业务，一度常去丰台镇，那里有两位裱画师傅手艺很好，而且物美价廉。在镇上听说这一带曾经是年画之乡。出于个人爱好，到处去寻觅老画古版。这一来才知道，不少古版被用来盖猪圈，或者由于版面有凸线，当作搓衣板使用。眼看着这一珍贵的文化遗产走向历史的虚无。

幸亏这些年人们有了乡土文化的保护意识，镇上也有人开始着手发掘、收集和整理本地的年画。更幸运的是，一家传承有序的百年年画老店"义盛做"，居然还有传人在。这位传人叫董静，在刻、印、画等方面全面掌握东丰台年画和家族的艺术传统，能够独立完成年画的制作。在挖掘整理地域传统与发扬东丰台年画地域风格上比较自觉。近年来，他已把"义盛做"重新恢复起来，年画市场前景很好。目前，东丰台年画已被列入第一批天津市非物质文化遗产；2008年董德伟、董静叔侄还被认定为具有代表性的东丰台年画传承人。

年前我跑了一趟丰台镇去看望董静先生，还看到他用心珍藏的老版老画，以及正在进行年画制作的生气勃勃的小作坊。一时心里透出亮光，因为我感觉到东丰台年画的复兴有了希望。

2011.1.27

杨家埠的画儿

由济南驱车出来,一路向东,顺顺溜溜几个小时跑到了潍坊。再拐一个弯儿,便进入了寒亭区一个宁静和优美的小村,这就是数百年来四海闻名的画乡杨家埠。

杨家埠的男女老少,全都人勤手巧。既精于种庄稼种菜,又善于印画扎风筝。老时候这样,今儿还是这样。他们农忙时下地,潍坊出名的萝卜就是他们种出来的;农闲时人却不闲——比方现在——他们全都在家里忙着画画呢!杨家埠人最爱说的话是:"俺村一千号人,五百人印年画,五百人扎风筝。"意思是说他们全是艺术家。说话时咧着笑嘴,龇着白牙,很是自豪。

杨家埠的年画很有个性。颜色浓艳抢眼,画面满满腾腾,人物壮壮实实，胖娃娃个个都得有二十斤重，圆头圆脑，带着憨气，傻里傻气地看着你。再看画上的姑娘们，一色的方脸盘，粗辫子，两只大眼黑白分明，嘴巴红扑扑，好比肥城的桃儿。你再抬眼看一看印画的姑娘，一准得笑。原来画在画儿上边的全是她们自己。

他们不单画自己的模样，还画自己心里头的向往。那便是家畜精壮，人财两旺，风调雨顺，平安吉祥。所以他们最爱画送福来的财神与摇钱树，辟邪除灾的钟馗、关公和各式门神，以及神鹰与猛虎。不过杨家埠的人"画虎不挂虎"。因为杨家埠的"杨"字谐音是"羊"，老虎吃羊，所以他们家中从不挂猛虎的画儿。他们印虎，那是为了给别人辟邪。瞧瞧，杨家埠的人心地多么善良！

杨家埠年画与天津的杨柳青年画特点明显不同。杨柳青年画的买主多是城里的人，城里的人钱多，要求精细，所以杨柳青年画大都一半印刷一半手绘，画面的风格富丽堂皇，文气雅致；杨家埠年画的需求者全是农民，农民钱少，年画便采用套版，很少手绘。这样，刻版和套版的技术就很高。杨家埠年画一般是六套版。墨色线版之外，再套印五种颜色：红、绿、黄、

◇山东潍坊年画《山林猛虎》(清代)

紫、粉。红与绿，黄与紫，都是对比色。年画艺人有句歌："红配绿，一块肉；黄配紫，不会死。"故此，杨家埠年画的色彩分外强烈，鲜亮，爽朗，刺激，给人一种乡土艺术特有的颜色的冲击，喜庆和兴奋。这也正是人们过年时的心理与情感的需要吧！

我这次来杨家埠，是要拜访一位老艺人，名叫杨洛书，七十多岁。听说他是杨家埠年纪最大的年画艺人。他家经营的"同顺德画店"至少有二百年的历史，而且老人仍在刻版印画。我想，在如今全国许多木版年画产地几乎灭绝而成为历史的大背景中，这位老艺人该是一位罕世奇人了。而且，为什么单单杨家埠的年画古木不倒，反而生机盈盈呢？

杨洛书老人住在村中普普通通一个小院。院内堆着许多刻版用的木头。一南一北两房。北房内外两间，外间是画店的铺面，内间是老人干活的地方；南房支案印画。店中四壁贴满诱人的木版年画，有的是古版新印，有的是新版新印。这些新版都是杨洛书老人新刻的。刻版不是一件容易事。印画的木版为了坚实耐用，选材都是梨木，又沉又硬，年逾七旬的老人哪有这样大的力气？老人个子又小，也不壮，与我站在一起，竟矮两头，不像山东人，山东出大汉呀！但是他伸出两只手给我看，骨节奇大，还有些变形。他说："这手是刻版刻的，走样了。刻版得使大力气。白天刻一天，夜里两只手疼啊。"

"大爷，您得去医院看看，这怕是类风湿吧。"我说。我想他大概缺少医学常识，不懂得自己的病。

老人说："是刻版刻的。我一用劲，肚子上的筋全鼓成疙瘩！"

老人去年刻了《一百单八将》，一个好汉一张画，一张画儿五六块版。一年多时间刻了几百块版。今年开始刻《西游记》，连环画形式，八十幅一套。至少又是四百块版。他从哪里获得这样的激情？听说，老人的老伴患病在床。那么，老人又是为谁付出这样巨大的劳动？

老人告诉我，他爹杨俊三那代人把"同顺德"经营到了顶峰。杨俊三还将画店开到俄国的莫斯科。他拿出1917年3月13日俄国驻黑龙江铁路交涉局签给杨俊三赴俄开店的护照。护照上将莫斯科译成"毛四各瓦"，直叫我看了半天，才弄明白。一时，与我同来的一行人全笑了起来。

老人却没笑，脸上充满对先人成就的自豪。保住先人的业绩应是后人起码的责任。这是不是他依然奋力劳作的动力？

现今画店的经营是非常可观的。这两年他每年用纸八十箱，今年一百箱。每箱三刀，每刀一百张，每张印三四张画。一年单是他的"同顺德"就要卖出十万张年画。据说杨家埠全村一年卖画高达上千万张。买主除去海内外游客、各地的年画批发商，最主要的需求者仍是沂蒙山区里的农民。他们所买的年画多是门神、财神、摇钱树、猛虎、花卉和带"廿四节气表"的灶王。我对老人说："他们还这么爱年画吗？"

老人忽然变得挺激动，他说："没有年画——他们过不去年啊！"

这句话，使我一下子懂得了年画的意义。年画与年俗、与人们的生活理想早已是灿烂地融成一体。它绝非可有可无的年节的饰物，而是老百姓心灵最美好的依托。大概杨洛书老人深深感受到了这一点，他才一直不肯放下手中的刻刀！

于是，我对这位老艺人肃然起敬，也对民间艺术心生敬意。

走出老人宅院，到了村口，见到几位姑娘在放风筝。这里初冬季节也放风筝吗？一问，原来杨家埠人扎好的风筝，全要试放一下。今日无云，碧空如洗，悬浮在高天的风筝叫阳光一照，极是艳丽。三五只蜻蜓，一只彩蝶，还有一幅方形的画儿，画上画着胖娃娃，这些不全是年画上那些常见的形象吗？

放风筝的姑娘见我很感兴趣，叫我也放一放。我大概有四十多年没放过风筝了。待怯生生接过风车和线绳，但觉线绳颇有韧性和弹力，透明的风已经强劲地传递到我的手上。我顺着线绳抬头望去，只见银白的线极长极长，画着弧线，飞升而上，到了半空，便消没在蓝天里，然后在极高的空中飞着一只大红色的蜻蜓。但是它混在其他几只风筝里，弄不清到底是不是我的。我用手抻一抻线，高天上的大红蜻蜓与我会意地点点头；我把线向旁侧拽一拽，大红蜻蜓随即转了半圈。我忽然觉得，久违的儿时的快乐又回到身上。这使我不觉玩了好一会儿。

待到了杨家埠年画博物馆，人们叫我题诗留念，提笔在手，立时有了两句：

民间情味浓似酒，
乡土艺术艳如花。

写了字，返回来坐在车上时，情不自禁接着又冒出了几句：

年画上天变风筝，

风筝挂墙亦年画。

七十三叟三十七，

杨家埠村寿无涯。

2001.11.18

四访杨家埠

我坚持要在年底前（2003年）召开"中国木版年画抢救中期推动会议"，是因为这个项目启动于年初，历时一年，收获甚丰。不少年画产地（如山东杨家埠、高密，河北武强、内丘，河南朱仙镇，湖南滩头，山西临汾等）普查已经接近完成，应进入整理和编辑阶段；另一些产地（如天津杨柳青、陕西凤翔、四川绵竹等），也将普查工作细密的筛子推入田野与村落。此时急需做的事是进行各产地之间的交流，相互借鉴，规范标准，确定期限，使最终的"收割"工作整齐有序。

此项工作是在基本上没有国家经费的情况下展开的，所仰仗的全是各地政府在文化上的自觉。山东潍坊的寒亭区和杨家埠深明大义，慨然出资支持这次会议，故而把会议定于12月26

日在潍坊寒亭召开,邀请全国各产地派人来聚首一谈。当年事情当年办,不留尾巴进来年——此亦我做事的习惯。

既然来到寒亭,一定要去杨家埠村,看看那些依然刻印画品的小作坊,拜访杨洛书老人。他今年七十八,却照例是每年十月二十五日到集上去买四大样(猪肉、白菜、粉条、火烧),煮上一锅,然后按照祖上的规矩,摆供焚香,犒劳案子,开张印画。我还要把从贵阳捎来的一瓶茅台送给他呢。

这次已是四访杨家埠了,原以为只是重温故旧,不料竟有令我惊喜的新得。一是在老艺人杨福源家中,看到墙上挂着一幅《孔子讲学图》。孔子在杏坛讲学,下面坐着七十二弟子。每人一个模样,身边标示姓名。过去不知道杨家埠有这样题材的画,大约与孔子是山东人有关。这种画不是纯粹的年画,而是年画产地刻印的版画。画面上的文字用的是木版书籍上的字体。这个细节颇引起我的注意。

在寒亭的两日里,每晚都要寻一点时间,去拜访此地的民间年画收藏者。杨家埠一个突出特点是当地有人从事收藏。收藏本身是一种文化上的自觉与自珍。它的好处是把遗存留在当地,不像山东的平度年画都已飘散四方,致使这次抢救一直无

◇春节前跑到杨家埠,为杨洛书获联合国民间艺术大师奖道贺

从下手。此外，我也很想了解此地民间收藏的水准，希望从中能有重要的发现。这次见到的寒亭的两位收藏者很有趣，一位藏画，一位藏版，好像分工来做。

藏画者为马志强先生。所藏年画二三百幅，间有高密手绘年画，但大多还是杨家埠的遗存，其间孤品甚多。比方《西王母娘娘蟠桃会》《二进宫》《一门三进士》《文武财神》和《夜读"春秋"》等等，都是杨家埠历史上罕见的力作。一些巨幅而豪华的家堂，应在杨柳青和武强之上。其中一连四幅条屏《治家格言》，以"朱夫子治家格言"全篇文字为画面衬托，形式很别致。我注意到文字是刻书的字体，颇见功力。难道杨家埠曾经有这样的刻书高手吗？此外，还有十多卷《避火图》也都是见所未见。

《避火图》是直接描绘性爱生活之版画。或作为性生活的助兴之用；或作为性启蒙，在女儿出嫁时，由母亲悄悄放在陪嫁的箱底。形式为手卷，只有12至14厘米宽；一连8至12个画面，内容稍有连续性。如此大小，便于藏掖。《避火图》平时高高地放在房梁上，相传具有避除火灾之力。实际上是由于这种画不便出示于人，避人耳目罢了。昔日画铺卖画，都是把《避火图》贴在门后。杨柳青、武强等地也有《避火图》，但不及杨家埠这样花样繁多。马先生所藏的《避火图》中，竟在光着身子做爱的女子身边写上人名。有的是戏曲人物的女主角，有的是古典小说的女主人公。比如崔莺莺、青凤、莲花公主、娇娜、白娘子、荷花三娘、阿绣、花姑子等等；还有的是外国女子。看起来很荒诞，却由此可以窥见人们的心底。人们平时看戏时，戏台上那些艳丽五彩、谈情说爱的女主角都是可望而不可即的。现在居然这样公开做爱，不正是宣泄着那时人们被压抑的性心理和性想象吗？

马先生的个人收藏远远在杨家埠年画博物馆之上。杨家埠是我国三大年画产地之一，但几十年前便是不断革命的对象。一次次的暴力洗劫，差不多空了。马先生的收藏很少来自当地。他广泛地从当年应用年画的黄县、滨州、莱州等地的乡间去搜寻，反而将失散的历史汇集得有声有色。

另一位藏版者为徐化源先生，藏版百余块，全是杨家埠的刻品。杨家埠的代表作如《深山猛虎》《神鹰镇宅》《男十忙》《女十忙》《麒麟送子》和《摇钱树》，一应俱全。其中一种"精刻版"叫我领略到杨家埠刻版的独到之功。阳刻的线全用"立刀"，下刀很深，线条犹然宛转自如，版面精整之极，宛如铜铸，单是画版本身就是一件精美的浮雕艺术品。

另外两块版，更使我震惊。一块是杨家埠名画《天下十八省》的印版。画面巨大，描绘着中华山川与各省城镇，应是一幅可以纵览神州的古版地图。此版是其中失群的一块，约40厘米×30厘米。线刻之细，匪夷所思。现在杨家埠年画博物馆收藏有一幅完整的版画《天下十八省》，但与此版不同。我相信这块版是那幅画的祖版。

还有一块也是失群的画版。反正面全是文字，依序罗列着夏商周以来历代皇帝称号与年代，类似武强《盘古至今历代帝王全图》，但没有图像，可能图像在其他版块上。尤使我关注的是，这些文字都是书版字体，刀刻精纯老到，笔画坚实有力，肯定出自雕刻书版的刻工之手。它使我将杨福源所藏的《孔子讲学图》、马先生所藏的《治家格言》联系到一起，朦胧地感觉到一片刻书的背景。但目前对杨家埠年画的研究还没有旁及此地图书刻印的历史，所以在会议的闭幕式上我特别强调：

1. 要注意调查年画产地与雕版印刷的历史渊源。像天津杨柳青、河南朱仙镇、苏州桃花坞、山西临汾，都与当时雕版印刷密切相关。年画是我国四大发明之一——印刷术发展的直接产物。

2. 要注意调查民间的收藏品。民间收藏已经聚集着相当一批遗存。对这些遗存中的精品也要设法记录、拍照、立档。

3. 民间年画遗存的一大特征是很少重复。每每发现一件，即是见所未见的孤品，它说明年画这宗文化财富的博大。因此，还要从细调查，避免漏失，尽量把遗存之精华发现出来，记录在"家底"上。

没想到，此次行动还有这样的收获。而意外的收获常常是田野工作的快乐。

可是，对于整个民间文化抢救工程却毫无快乐可言。一年里，耳朵里灌满了方方面面口头的支持，两手却始终空空，举步维艰，一如逆水行舟，偏偏又不肯放弃心中信奉的决定。一天夜里，一位好友自石家庄打电话给我，说："你为什么要把自己放在这样一个困境里？你是殉道者还是一个理想主义者？"

我没有回答，书案上放着两封信。它们在台灯雪白的灯光里一个个字清晰入目——

一封信是一位陌生的七旬老者，家住津西静海县城。他凭着回忆为我画出一幅绝妙的镇海县古城（一字街品字城）图，并告诉我这座世无其二的古县城，半个世纪来一直在不间断地拆除中，直到1989年拆掉孔庙与城隍庙后，便连一丝儿痕迹也没有了。然后他说希望我能出力抢救。我读着信，报以苦笑。从遗骨不存的亡者身上还能抢救回来生命吗？陌生老者的信把我引入空茫。

另一封信是内蒙古的民间文化学者郭雨桥写给我的。他今年始发于新疆乌鲁木齐，终抵于内蒙古呼和浩特，途经四省，重点为2州、9县、17乡，历时108天，行程13700公里，进行草原民居建筑的普查。我很欣赏他不仅仅从建筑学而是从人类学角度来普查民居建筑。他把风俗、信仰、礼仪、服饰、节庆，乃至自然环境和野生鸟类也纳入调查对象；同时按照此次抢救工作规定以视觉人类学的方式，对文化遗产进行立体和三维的"全记录"。三个多月他拍摄胶卷102个，摄像31盘，整理文字15万字。我感觉他的收获如同我的收获，极是心喜。但是他在信中告诉我，今年已60岁。返回呼和浩特便接到退休的通知。他感到困惑。他的整个草原民居调查还需要至少三年时间。像他这样弃家不顾的学者，终年在山野草场中踽踽孤行，默默劳作，还能有多少人？去年他在内蒙古草原上写信给我。说他早晨钻出蒙古包，看着一片静穆的白云覆盖的草地，他哭了，他被大自然圣洁又庄严的美感动了。他本想打电话把他的感受直接传递给我，但天远地偏，没有信号。这样的学者又有多少人？故而，多年来他个人的工资稿费全部都为他的责任感付出了。这位学者的信也把我引入空茫。

2004.1.28

废墟里钻出的绿枝

车子驶入绵竹,这里好像刚打过一场惨烈的战争。零星的炮声——余震还时有发生。到处残垣断壁,瓦砾成堆,大楼的残骸狰狞万状;多么强烈的地动山摇,能够把一座座钢筋水泥建筑摇得如此粉碎?由车窗透进来的一种气味极其古怪,灭菌剂刺鼻的气息中还混着酒香。一问才知,剑南春酒厂的老酒缸全碎了。存藏了上百年、价值几亿元的陈年老酒全部化成气体无形地飘散在震后犹然紧张的空气里。

这使我想起五年前来考察绵竹年画时,参观过剑南春酒厂。那次,我是先在云南大理为那里的木版甲马召开专家普查工作的启动会,旋即来到绵竹。绵竹不愧是西部年画的魁首。它于浑朴和儒雅中彰显出一种辣性,此风唯其独有。绵竹人颇爱自己的乡土艺术。那时已拥有一座专门的年画博物馆了，珍藏着许多古版年画的珍品。其中一幅《骑车仕女》和一对"填水脚"的《副扬鞭》令我倾倒。前一幅画着一位模样清秀、衣穿旗袍、头戴瓜皮帽的民国时期的女子，骑一辆时髦的自行车，车把竟是一条金龙。此画所表达的既追求时尚又执着于传统的精神，显示出那个变革的时代绵竹人的文化立场。后一幅是"填水脚"的《副扬鞭》，"副扬鞭"是指一对门神，"填水脚"是绵竹年画特有的画法。每逢春节将至，画工们做完作坊的活计，利用残纸剩色，草草涂抹几对门神，拿到市场换些小钱，好回家过年。谁料无意中却将绵竹画工高超的技艺表现出来。简练粗犷，泼辣豪放，生动传神。这一来，"填水脚"反倒成了绵竹年画特有的名品。记得我连连赞美这幅清代老画《副扬鞭》是"民间的八大"呢！

那次在绵竹还做了几件挺重要的事：去探望年画老艺人，召开绵竹年画普查专家论证会。这样，对绵竹地区年画遗产地毯式的普查便开始了。普查做得周密又认真，成果被列入国家级文化工程《中国木版年画集成·绵竹卷》。其间，中国民协还将绵竹评为"中国木版年画之乡"。这来来回回就与绵竹的关系愈扯愈近。

大地震发生时，我人在斯洛文尼亚，听说震中在汶川，立即想到了绵竹，赶紧打电话询问年画博物馆和老艺人有没有问题，并叫基金会设法送些钱去。那期间，震区如战场，联系很困难，各种好消息坏消息都有，说不上哪个更可靠。回国后，便从四川省民协那里得知年画博物馆震成危楼，没有垮塌，两位最重要的老艺人都幸免于难。但一个画乡棚花村已被夷为平地。更具体和更确凿的情况到底怎样呢？

这次奔赴灾区，首先是到遵道镇的棚花村。站在村子中央，环顾四方，心中一片冰冷。整个村庄看不到一堵完整的墙。只有遍地的废墟和瓦砾，一些印着"救灾"二字的深蓝色小帐篷夹杂其间。村中百户人家，罹难十人。震后已有些天，村民心情渐渐平复下来，开始忙着从废墟里寻找有用的家当，但没人提年画的事。人活着，衣食住行是首要的，画画的事还远着呢。

茫然中想到，最要紧的是要去看另外两个地方：一是年画博物馆，看看历史是否保存完好。二是看看两位重要的年画传承人——老艺人现况到底如何？

年画博物馆白色的大楼已经震损。楼上的一角垮落下来，外墙布满裂缝。馆长胡光葵看着我惊愕的表情说:"里面的画基本上都是好好的,没震坏。"他这句话是在安慰我。我问他:"可以进去看看吗?"眼见为实,只有看到真的没事才会放心。

打开楼门,里边好像被炸弹炸过,满地是大片的墙皮、砖块和碎玻璃,可怕的裂缝随处可见,有的墙壁明显已经震酥了。但墙上的画,尤其前五年看过而记忆犹新的那些画,都像老朋友贴着墙排成一排,一幅幅上来亲切地欢迎我。又见到《骑车仕女》和那对"填水脚"的《副扬鞭》了,只是玻璃镜面蒙上些灰土,其他一切,完好如昨。我高兴地和这些老相识一一"合影留念",然后随胡馆长去看"古画版库"。打开仓库厚厚的铁门,里边两百多块古画版整齐地立在木架上,毫发未损。看到这些在大难中奇迹般地完好无缺的遗存,我的心熠熠地透出光来。

当我走进老艺人居住的孝德镇的射箭台村,心中的光愈来愈亮。当今绵竹最具代表性的两位老艺人,一位是李芳福,今年八十五岁。上次来绵竹还在他家听他唱关于年画《二十四孝》的歌呢。他的画风古朴深厚、刚劲有力,在绵竹享有北派宗师的盛名。地震时他在五福乡的老宅子被震垮了,现在给儿子接到湖南避灾，人是肯定没事的，灾后一准回来。另一位是南派大师陈兴才，年岁更长些，人近九十，身体却很硬朗。我见到老人便问："怕吗？"他很精神地一挺腰板说："怕什么，不怕。"大家笑了。他的画风儒雅醇厚，色彩秀丽，多画小幅，鲜活喜人。这几年，当地重视民间艺术，老人搬进一座新建的四合院。青瓦红柱，油漆彩画，当然都是自家画的。房子很结实，陈氏一家现在还住在房内。北房左间是陈兴才的画室；右间里儿子陈云禄正在印画；东厢房也是作画的作坊，陈兴才的孙子和邻家的女孩子都在紧张地施彩设色。这些天，全国各地来救灾或采访的，离开绵竹时都要带上两三幅年画作为纪念，需求量很大，在绵竹市大街上还有人支设帐篷卖年画呢。绵竹年画反变得更有名气。

如今陈家已是四世同堂。两岁的重孙儿在画坊里跑来跑去，时不时也去伸手抓画案上的毛笔，他将来也一定是绵竹年画的传人吧。

我说："只要历史遗存还在——根还在，杰出的艺人和传人还在——传承在继续，绵竹年画的未来应该没有问题。"

民间艺术生在民间，民间是民间文化生命的土地。只要大

◇看望年画艺人陈兴才

地不灭，艺术生命一定会顽强地复兴的。

　　在受灾最重的汉旺镇那几条完全倾覆的大街上考察时，我端着相机不断把发现的细节摄入镜头。比如挂在树顶上的裤子，死角中一辆侥幸完好的汽车，齐刷刷被什么利器切断的一双运动鞋，带血的布娃娃，一盘被砸碎的《结婚进行曲》的录音磁带和被纠结在一团钢筋中大红色的胸罩，时间正好定格在下午两点二十八分的挂钟……忽然我看到从废墟一堆沉重又粗硬的建筑碎块中钻出来一根枝条，上边新生出许多新叶新芽，新芽方吐之时隐隐发红，好似带血，渐而变绿，生意盈盈，继之油亮光鲜，茁壮和旺盛起来。它忽地唤起我刚刚在射箭台村陈家画坊中的那种感受，心中激情随之涌起，不自禁一按快门，咔嚓一声，记录下这一倔强而动人的生命景象。

2008.6.28

豫北古画乡探访记

在纷忙又焦灼的民间文化遗产的抢救中,所碰到的最大的快意便是忽有意外的发现。这发现,或是突然碰到一样先前不曾知道的美妙的遗存,或是一种谁也没见过的遗产被发现了。此刻,有如奇迹来到眼前,心中的惊奇与欣喜无可名状,眼前如光照般地明亮,一切纷扰与困顿不复存在。于是,我会情不自禁地骄傲地重复起关于中华文化遗产的那句不知说了多少次的话:

"我们不知道的远远比我们知道的多得多。"

今天,我又脱口说出这句话来。因为身处中原腹地的豫北的滑县,发现了木版年画产地。

一、初闻不信

初闻此事,我不相信。最早把这消息告诉我的,是河南民协秘书长夏挽群。我相信他的话。中州地区一百一十县,已经全部纳入他翻箱倒柜的普查工作中。此公做事向来踏实慎重,绝不会吹气冒泡,说风就是雨。可是,要说发现年画产地还是叫人起疑。早在半个世纪前(上世纪五十年代)对年画的调查中,所有年画产地就已经历历在目。甭说杨柳青、桃花坞、杨家埠、武强这些声名赫赫的大产地,就是一些作坊不多的用木版印画的小产地也都记录在案。哪还有一直深藏不露者?五十年来从未听说哪里发现一个新的年画产地。

可是,自2003年全国木版年画考察展开后,各省在一些不知名的地方发现精美的古画版的讯息,时时吹到耳边。但是这大多只是一些久弃不用的历史遗物,早就没了传人,如果说什么地方还有一个独立的活态的年画产地,几乎不能置信。它会不会是当年从河南最大的年画产地朱仙镇分流出去的一条支脉,就像三门峡五里川镇的"卢氏木版年画"那样——几乎与朱仙镇一模一样?

尤其这个新发现的年画产地滑县，颇令人生疑。它地处开封朱仙镇正北方向，中隔黄河，相距不过百里。三门峡的五里川镇"卢氏木版年画"远在数百里外的豫西南，尚与朱仙镇年画为同一血缘，难道距离更近的滑县反倒是一个例外？这几乎没有可能。朱仙镇历史悠久，上及两宋，千年以来一直是中原木版年画的中心，中州的年画很难脱离朱仙镇的影响。如果滑县木版年画真的是朱仙镇一个近亲与分支，同属于一个文化与艺术体系，其价值就没有那么高了。

同时，我又想起，我在审阅《中国木版年画集成·朱仙镇卷》时，从一篇普查报告中看到过一段关于"豫北民间神像木版年画"的文字，提到过滑县、濮阳、内黄一带历史上都有过用木版印刷神像的历史，那段文字介绍得比较简略。但如果这里的木版画仅仅是民间用一些画版，印制一些常用的神像，就不重要了。说不定这些画版还是从朱仙镇弄去的呢！

二、见了一惊

今年开春，由于"新农村建设"大潮涌起，随即感到遍布九州大地千形万态的古村落要遭遇一次狂飙般的冲击，遂为保护古村落而焦灼而奔波。首先要做的是寻求官员的支持。其实，无论破坏和保护，力度最大的都是官员。小小百姓最多只能拆去自己的老屋，能够用推土机推平一片历史城区吗？反过来，如果官员明白了其中的文化价值，一声令下，大片遗存不也就幸免于难了吗？

我想起我的好友舞蹈家兼学者资华筠的一句很精彩的话："关键的问题是教育领导。"

于是一边在政府高层官员中游说，寻觅切实的方案；一边通过中国民协在浙江西塘召开"中国古村落乡长会议暨西塘论坛"，邀请各地在古村落保护方面颇有成绩的地方负责人，共同研讨古村落的存在与保护方式。

这一波没有结束。跟着又是我国首个"文化遗产日"来到眼前。于是又演讲又著文，着力使这个旨在唤起民众文化情怀的节日能够发挥作用。毕竟为了确定这个节日，我已经下了几年的力气。

就在这些"超大型的事"一桩桩压在肩上时，心中未有忘却那个隐伏在豫北的蒙着面纱的画乡。我曾在地图上找到它的位置，当我发现它身处四省之间——其上是河北，其左是山西，其右是山东。又正好是东南西北——中！这可是块奇特的地方。以我多年各地普查的经验，凡是省与省交界的地方，历史文化都保存得较好。唯有这里才是行政与经济开发的"力度"都不易到达之处。在这期间，只要一想起这个听来的古画乡，就会幻觉出一个丛林遮蔽、野草深埋、宁静又安详的画一般的古村落。一天晚上，竟按捺不住这如痴如醉的想象，画了一幅《梦中的村落》。

我计划着何时去豫北看一看这画乡。但如今我已经很难专为一件事去一个地方，必须与其他的要做的事——特别是要在河南做的事串联在一起。

七月里忽有一个短信发在我手机上。此人自称叫魏庆选，是滑县文化局的负责人。他说要带着该县的木版年画给我看。这使我一时大喜过望。

我忽然想到自己为"缘分"两个字下的定义，就是：你在找它时，它也在找你。

当个子高高而文气的魏先生和他的同伴来到我天津大学的研究院，把一大捆画放在我的桌案上，向我递名片寒暄之时，我已经急不可待地频频把目光投向那捆画上。跟着，全然顾不得说客套话了，便大声说："先看画吧！我已经忍不住要看画了。"

一时屋中的人都笑。滑县的朋友也笑，很高兴我这么想看他们的画。尤其一个稍矮又瘦健的中年男子，笑眼眯成一条缝。后来我才知道他就是这产地的年画传人，而且是个高手。

解开细细的麻绳，画儿随着画捆儿渐渐展开，一股清新而奇异的风从中散发出来。这风好似是从犁过的大地的泥土里、草木又湿又凉的深处、开满山花的石头的缝隙中吹出来的。同时这气息又是新鲜的、新奇的、从来没有感受过的。

各种各样的神仙的面孔，不少是陌生的；那种配着对联和横批的中堂，几乎很少被别处的年画使用。这绮丽又雅致的色彩，松弛的类似毛笔的线条，特别是写意般平涂在六尺大纸天界众神上的朱砂，便使我感到，这样风格的年画前所未见。令我惊异的是，这里竟然丝毫找不到朱仙镇的痕迹。它究竟是怎么一个村落和产地呢？

魏庆选与传人韩建峰的介绍令我十分吃惊。

他说这画乡名为前二村，属于滑县的慈周寨乡。人口千人，不算少。慈周寨在历史上（清乾隆朝）是中原一带各省之间的商业要冲。南边又紧贴着黄河。此村擅长的木版年画便远销四方。但是与隔河的朱仙镇却一直是"老死不相往来",相互很少借鉴。

主要缘故是本地年画一直恪守着一条原则,族内自传,不传外姓,只传男性。这也是古代最原始的著作权保护方式之一。

滑县慈周寨乡的年画的始祖,据说是远自明代,来自山西的一位潦倒的刻版艺人韩朝英(一名韩国栋),此人心灵手巧,融合本地特有的风俗,开创了面目独特的木版画。由于画风新鲜,又是风俗之必需,此地年画畅销远近各乡。韩家一开始就视手中的技艺为"独门绝艺",故而由明代(十六世纪)至今代代相传,已廿七代,近五百年。鼎盛时期(清乾隆朝)全村百姓大多工刻善画。出现了"兴隆号""兴义号"和"兴盛号"三个画店,分由韩凤岐、韩凤仪、韩凤祥掌门。年产近百万张(幅),远销河北、山西、山东、安徽、青海、甘肃,乃至东北三省和内蒙古。

曾经有这样巨大影响的年画产地,为什么长期不为外界所知?是我们的民间文化学界多年来大多醉心于书斋,不问田野,不问草根,还是它早早地"家道中落",销形于世了?反正自打上世纪六十年代，以政治功利对待民间文化，要不将民间文化强制地改造为政治口号的传声筒，要不宣布为封建迷信和落后文化，斩草除根。尤其到了"文革"，它一定是消灭的对象。

当我一幅幅观赏这些古版年画时，发现一幅版印对联，字体古怪，从未见过，比西夏字还奇异，好像是一种字样的谜。韩建峰说当地人能说出横批是"自求多福"，下联是"日出富贵花开一品红"，但上联已经没人知道，连一些七八十岁老人也认不出来了。于是，一种"失落的文明"的感觉浸入我的心头。这也是近十年来纵行乡野时，常有的一种文化的悲凉感。现在慈周乡前二村的年画颇不景气，尽管还有几位传承人还能刻版与彩绘，但由于没人来买，很少印制。近些年，大量的木版被文物贩子以及日本人用很少的钱买走。古版是木版画的生命。如果有一天，古版空了，传承终止，这个遗产自然也就完结了。

我已经急不可待要跑一趟豫北了。因为我已经确信它是迄今未被世人发现的民间古版年画的遗存。我根据自己的经验嘱咐他们两条：一、先不要惊动媒体，以免文物贩子和收藏爱好者蜂拥而至，对遗存构成掠夺性破坏。二、绝对不能再卖一块古版给任何人。并对他们说，等我去吧，我会尽快安排时间。

还会带一个专家小组进行现场考察和深入鉴定。

在他们离开我的学院后，我开始不安起来。一边打电话嘱咐夏挽群对外要保密，切莫声张，无论如何要等进一步鉴定清楚再说；一边思谋着我什么时候去。

此时此刻，这个画乡好比一个田野里的天堂。

三、两个产地的艺术比较

在奔赴豫北慈周寨乡之前，必须要做的是对这里的木版年画做一番考究。重点是将这个产地的木版年画与朱仙镇做比较研究，如果慈周寨乡的年画与朱仙镇完全不同，即可认定它是一个独立的年画产地。

此次滑县魏庆选和韩建峰带画来津，临走时叫我留下一些。我选了二十一幅留下。基本上可以代表他们带来的整体面貌。大致可分为：神像类、行业祖师类、文字对联类、家族族谱类。当我把这些画与朱仙镇的画放在一起，相互一比，就看出了它们极大的差异。通过研究，两地年画的不同之处可从八个方面表述：

1.从题材上看，滑县慈周寨的年画以神像为主，佛、道、儒及民间诸神，明显地与过年时的宗教崇拜活动紧切相关。但是此次魏庆选带来的画中却没见到描绘戏曲故事和民间传说的画面。是否有呢，尚不能知。然而，朱仙镇年画以门画居多，除去武将，就是文官，即民间所谓"文门神"和"武门神"。这与开封是北宋国都有关。而且朱仙镇的戏曲故事和民间传说的内容很丰富。

2.从体裁上看，滑县慈周乡的画幅较大，多为卷轴中堂。有的画（如《全神图》）达到整张的六尺宣纸（140厘米×80厘米）。小幅的画不多。但是，朱仙镇年画都不大，反倒是一种被称做斗方（24厘米×26厘米）的小画是其常见的体裁。最大的中堂（大家堂）也不过88厘米×60厘米。朱仙镇年画挨近开封这样大的都市，为什么画幅反而偏小，慈周寨乡在田野深处却盛行如此大幅？

3.从构图上看，滑县慈周寨乡的神像，多为长幅立式。上下分为两部分。上半部分中间为主神，两旁是侍奉，下半部分一左一右为护法，彼此不遮挡，画面疏朗而富于层次。一些神像较多的画面，还要分为上中下三部分，层次非常分明，画面明朗而清新。朱仙镇的神像画不是这样,神仙之间一排一排,结构很紧,浑然一体,画面显得饱满厚重。因之,两地的画面全然不同。

4. 从画上的文字看,朱仙镇年画多在人物旁标出人名,尤其是戏曲故事和神话传说,这与古代小说版画插图的做法极为相似。同时画面上多署店铺名称。但慈周寨乡的年画基本上不署店名,也不标出人物姓名,却独出心裁地在画幅两边配上对联,上加横批。尤其是中堂画。很适合挂在堂屋正面的墙壁上。对联文字使用楷书字体。有字有画,十分美观。这是朱仙镇年画所没有的。其他地方年画也没有。而且书法对联与中堂画是刻在一块大画版上的。这样的中堂画应为本地特有的一种形式,也是本地年画主要特征之一。

5. 从画法上看,朱仙镇年画多为套版,一般为五套,一线版四色版。滑县慈周寨乡的年画套版不多,一般先用线版印墨线,余皆手绘。比较起来,朱仙镇的年画版味十足,滑县慈周寨乡的年画味极强。

6. 从色彩上看,最明显的不同在于,朱仙镇多使用不透明的颜色,滑县慈周寨乡几乎全部用水稀释过的半透明的颜色,不用白粉。这在各地年画中也很少见,很像国画。朱仙镇喜用红(或朱)与绿、紫与黄两组对比色,色彩强烈又鲜明。滑县慈周寨乡的颜料由于用水稀释过,对比不强,但丰富而雅丽,自成特色。

7.从线条上看,朱仙镇年画多使用均匀的粗线,无粗细变化,结构严谨,简练遒劲,如国画中的铁线;滑县慈周寨乡的年画,使用细线,时有粗细变化,线条结构较松,灵动自如,显然在刻版时两地也是完全不同的刀法。

8.在人物造型上,朱仙镇年画的人物头大身小,头与身的比例是1∶4,人物显得古朴敦厚;滑县慈周寨乡年画人物头与身的比例是1∶5,比较写实。在人物面部细节上,朱仙镇画中人物眼睛在大眼角和小眼角部位,各有一个折角,眉峰位置也有一个折角,嘴缝是一条长线。滑县慈周寨乡的人物面部就全然是另一个样子。眼睛为长圆形,眼角没有折角;眉毛只一条简单的弧线,嘴缝含在上下唇中间。还有,朱仙镇人物多在眼睛上边画一道双眼皮,滑县慈周寨乡人物多在眼睛下边画一条双眼皮。由此可见,两个产地,完全是两种人物的审美。人物不一样,画就更不一样了。

通过比较研究，可以确凿地认定滑县慈周寨乡的年画是独自一个艺术体系，是一个独立的年画产地。

这便更加吸引着我奔往豫北，以验证自己的判断，思辨自己的判断。

在研究中，还有许多疑点。比如此地的年画与南边的朱仙镇不同，也与北边武强年画毫无共同之处。但在神像构图上却与远在鲁西南的杨家埠有某些相似。尤其那种大幅族谱类的"家堂"画更多几分相像。此地版画与山东有什么渊源关系？

疑惑总是诱使人去破解。我心里存不住任何学术疑惑。学术疑惑就是学术诱惑，这也是驱使我尽快起程的一种内在的动力。

四、风雨入画乡

我终于找到一个机会，十一月份中国民协要在郑州召开"中国民间文化遗产抢救经验交流会"。在这个会上我要解决一系列亟待面对的问题，如解决全国年画普查工作一些落后省份的困难，豫西剪纸普查成果的鉴定，全国陶瓷普查以及古村落普查的启动等事。我决定不乘飞机而改汽车。一是可途经邯郸，考察磁州古窑的保护情况，顺便看看响堂山的北齐造像。二是为了便于到滑县慈周寨乡，去寻访那个未知的年画产地。

没料到，入冬来最冷的天气伴我而行。那天从北响堂的石窟里钻出来，却见大雪厚厚地覆盖的山野与平原，纯洁又丰满。我问同行的郑一民滑县在哪里。他举手一指南边，雪原尽头，竟然黑压压地透迤着一片浓密的树林，像浓墨大笔在天地之间厚重的一抹。那迷人的古画乡就深藏在这片黑森林里吗？

由冀南往中州一路而下，全是雨雪。在车灯照耀中，细小的雨珠雪粒扰着寒风扑打在车子前边的挡风玻璃上。车身下边胶轮卷着公路上的积水发出均匀的唰唰声。我忽想此次去滑县别又像前年在武强抢救屋顶秘藏古版那样撞上了大雨，那么艰难和狼狈！

我的担心不幸被证实。我晚间抵郑州，一夜雨未停。上午在民间文化抢救经验交流会上谈了自己最近一段时间的思考，午饭后上了车，雨反而大起来。有一阵子车盖上的雨竟然腾起烟雾，车窗被雨珠糊满了。我心里默默地祷告着，不断地念着一个字：停——停。

一个多小时后，车子从高速下来，拐到一条土路，土路已成泥路。两边的原野白茫茫笼罩着初冬的冷雨。此次，随行而来的人不少，有我带的考察组，有中国民协的夏挽群、郑一民，也有闻讯跟踪而来的记者。一排黑色的车队渐渐陷入黄色的泥泞里。

后来，车子终于开不动了。有人敲车门，对我说前边的路很糟，车子根本无法行进，只能步行。我推开车门一看吓了一跳。"历史"竟是如此惊人的相似！这景象、这路况，甚至连道路的走向都和武强那次一模一样。也是要从眼前的野路向右拐到一条满是积水的泥泞的乡间小路。树木丛生的村落还在远远的雨幕的后边，像一种梦幻。

更惊人相似的是，当地人送来的长筒黑色雨鞋是43号的，交给我时说："这是最大号的。"上次在武强，也是43号的雨鞋，也说是最大号的吗？然而我有上次的经验了，我笑着对他们说："麻烦你们找两个塑料袋儿来吧！"上次在武强就是双脚套着塑料袋进村的。不一会儿，他们找来两个塑料袋，是装食品的，很薄。我心想，糟糕！走不了多少路就得踩破。于是，又开始一次"新长征"——雨里泥里入画乡！

◇入村这天正赶上冷雨浇头,吃了苦头,但还是深一脚浅一脚地进去了

多亏身边几个朋友和助手帮助，你扶我拉，否则我早已经"滚一身泥巴"了。滑县这里与武强不同的是，脚下的黄泥很厚，很软，不像武强那里，泥水中许多硬疙瘩。大概由于这里是黄河故道之故——这区别是我的双脚感觉出来的。但它的好处是泥土细软，脚下的塑料袋竟没有磨破；麻烦是泥太厚，每一步都要用力把脚从泥中拔出来。尤其是我要去的那位韩姓的年画传人的家在村子中间，待到他家中，双腿是黄泥，鞋子是冷水，而且举步维艰了。

又见到了魏庆选和韩建峰。他们见我如此狼狈，脸上的表情很不好意思。我笑道："这雨又不是你们下的。如果是你们下的，我也会来。"他们都笑了。

可能是前二村的百姓知道我们要来看年画，早在这堂屋的四壁挂满了年画，屋中间摆满凳子，坐满了村民，有的抽烟，有的喝水。见我们进来不知怎么对待来客，有的干脆垂着头不说话，显然这是个封闭已久也安静已久的地方。这是间重新盖的平房，房子的间量比老式的房间大，里外两间墙壁挂的画足有五十幅。我虽是头次来到这豫北的老村子，但由于这些画我已反复研读多次，早都熟悉，故而感到一种别样的亲切，仿佛在朋友的家里看到朋友。

当韩建峰叫我坐下来歇歇时，我笑道："还是先看画吧！"那次他和魏庆选来天津找我时，我就这样说的。他还记得我这句话，便笑了。

墙上的画大半我都看过，也研读过了。但此刻我还是整体地再看了一遍，同时细看一些作品。这次整体一看，此地年画的特色更为鲜明。特别是当你感知到脚下这厚厚的黄土是这些年画的土壤，这一屋子的老老少少是这独特的艺术集体的创造者时，你一定会被感动的。这墙上的天界诸神不是他们创造出来安慰自己的？这画上的对联不是他们一辈辈告诫后人的道德箴言？那缤纷的色彩不是他们理想世界的颜色？这一屋子的老农面对我们这群"闯入者"，大概有些愕然，有些羞怯，有些不知所措而很少说话。但从这些画我已经看到此地人的所思所想和他们共有的地域的心灵。

从这满屋的画里，我特别注意到的是三幅画。一是神农像。一个"人面牛首"、身披树叶的老者，被敬奉于画面正中。我国有着七八千年历史的农耕社会，神农是开创耒耜生活的始祖。中州作为中国最古老的土地，对神农氏的崇拜直抵今日，村民称其为"田祖"。朱仙镇也有神农氏画像,也奉为"田祖"。我发现此地的《全神图》最上端上神不是玉皇大帝,而是戴叶披枝的神农氏。将神农氏尊为至高至上,这在其他地方是罕见的。它说明农耕文明在中原大地上一直长流不断。它具有活化石的意义。

二是一幅画上有蒙文的文字。在中国其他重要的年画产地,如杨柳青、杨家埠、武强等地的年画上都没有出现过,显然这幅画是远销内蒙古的。别看几个蒙文文字,足以表明这个产地在历史上的开放与极盛。

三是一幅《猛虎图》。乍一看似是山东杨家埠的《深山猛虎》,细看却是本地风格。但在构图上,因何与山东杨家埠的年画如此相似?连一大一小老虎的姿态和方形图章的位置都和杨家埠的《深山猛虎》完全一样。这使我想起在考究此地年画时,也曾对此地的家堂画酷似杨家埠的族谱画产生过疑问。据韩建峰说,由于此地年画远销山东,还专门为山东人印制一种那里的人喜欢的《摇钱树》——山东杨家埠年画就大量印刷《摇钱树》。这不是属于一种为外地"照样加工"吗?山东人对具有辟邪意义的猛虎题材的年画需求量很大,韩建峰这块《虎》版显然是为山东印画的画版。这些都表明此地年画曾经达到过的极大的规模与影响，它曾经是一个面向全国的年画产地啊。

然而，今天还有多少人知道他们的辉煌历史？

他们从老人嘴中，也许听说过祖辈的年画曾经每年卖出100万张，销售区域不仅覆盖中州，而且东至渤海黄海之滨，西达青海，北抵关外诸省。但他们已经没有人知道许多画上所写的"神之格思"是何含义。那幅"谜联"已只知道下半幅的字意。

其实，滑县曾经并不是一个封闭的地方，只不过被遗忘罢了。而历史，只要被遗忘就是一片空白。

今天我们说发现了古画乡，也只不过是在把它遗弃之后又重新找到而已，并非真正意义的发现。

从村民口中得知，此地年画由于"文革"的打击，完全终止制作与使用。"文革"后韩氏有人曾思东山再起，但生活骤变，兴趣转移，故而市场始终未能复兴，这一来反倒对这门传统艺术失去信心。近年来，已经有一些无孔不入的古董商贩翻山涉水来到滑县慈周寨乡一带，收罗年画古版。许多珍贵古版已被很廉价地买去。显然现在遗存的古版无法全面地反映历史灿烂的全像了。就是前几天，还发生有人得知此地发现古版年画而抢先一步攫为己有之事！

版是产地的生命，失去了版就中断了生命。我站在韩建峰现有的全部——不过区区几十种年画中间，最强烈的感受是濒危！今天随我同来的，还有许多跟踪报道的记者。今天的消息一旦见报，这里一定会成为新闻的焦点，并很快变成古董商贩们争相夺取的新高地。

在记者们的要求下，我讲出我的判断，这是半个世纪以来新发现的中国古版年画之乡，是在艺术上完全独立的年画产地，是历史上一个重要的、今天已被遗忘的北方年画中心，是河南省民间文化普查的重要成果，是必须立即保护起来的珍贵的非物质文化遗存。我希望当地政府严加保护，继续普查，细心整理，争取申报国家非物质文化遗产名录。我想用这番话通过媒体提请各界重视保护，不要让它像某些地方的珍贵文物，刚刚出土就被肆掠一空。

大概我的话打动了随我而来的孙冬宁，他是我研究院一位年轻的美术学教授，他主动提出留下来，住在传承人韩建峰家，深入普查，他说他背来了录音和录像全套设备。我说："那好，你做好口述实录。同时帮韩家把全部画版做好分类、统计和编号。"

孙冬宁留下了，我心稍安。在回去的路上，虽然依旧又是冷雨，又是寒风，却不觉得，两只脚顾不得地上是水是泥，以致冰冷的水把鞋子灌成水篓，心中却溢满欢喜，这欢喜无可比拟。

此后两天我在郑州开会、豫北一带考察，不时与孙冬宁用手机联系，得知他收获甚大，做了韩氏家族多人的口述史记录，查访到慈周寨乡历史上不断变更管辖权的历史；并将韩建峰全部画版整理成可管理的档案，找出流失古版去处的许多重要线索。他的工作颇有成绩，使我高兴。同时，同来的摄影家段新培，也自告奋勇前去协助孙冬宁。我想，视觉记录必不可少，便请郑州民协派车送段新培去了。这几天是入冬来最冷的几天，况且风雨交加一直未断。不过我对段新培的工作十分放心。在当年抢救估衣街时，他站在风雪飞扬的楼沿上拍摄那条古街的全景。如今古街不存，全仗他的勇气与真情才使历史不是空荡荡地消失掉。

一周后，在我研究院的会议室里，与孙冬宁、段新培等人交谈此次豫北探访古画乡之行时，心情仍然是矛盾的。一方面欣喜，感到收获极丰；一方面依旧担心，毕竟我们还没有将这份遗产更充分和整体地把握住，清晰地整理好，破解心中犹存的各种疑点，找到切实的保护办法，于是决定再次组成人员齐备的考察小组，二赴豫北。

  对于遗产，最大的快乐是发现，但发现不是目的，目的是做好保护，使之传衍。

2006.12

三地年画目击记

一、消失了的朱仙镇

多年来形成一种习惯,每至腊月底就要到乡间去跑跑转转,在年集中挤一挤,直到挤出一种年味儿,一种生活热望,一种醇厚的泥土情感,才满足才痛快,好似生命的根须一下子找到了土地。

如今,在大都市被现代生活冲淡了的,往往在乡间才能找到。

在这种活动中,我也十分关切民间艺术的现存状态。天津杨柳青镇是年画的故乡,我每年必去一次。今年腊月里抓到机会多看了两处,一是河南开封的朱仙镇年画,一是河北武强年画。

在中州除去要看汉唐乃至更早的仰韶文化遗址，年画名乡朱仙镇也是非看不可的。然而那里的朋友说，朱仙镇年画店已经关门；在镇上看，宛如不曾有过年画。但我又幸运得很，河南省文化厅接到新加坡"春到河畔"活动的邀请，前去举办朱仙镇年画展。这便把封存已久的古版折腾出来，临时组织人在开封市御街宣和画店的楼上，支案按版，赶制展品。我闻之便从郑州跑到开封，寻到此处，得以饱览了朱仙镇年画二百多年的全部精品。

朱仙镇年画的特色一看便知，一是少用大红，多用丹朱（一种淡朱砂色），色调柔和古雅，大约与中州文化渊源甚久有关。世上民族，历史悠久者色彩和谐，文化表浅者色调浓烈。二是画中人物无论男女老少，眼形相同，黑眼珠一律点在眼眶正中，这样无论从哪个角度看，人物便都看着观者。画中人物之间情感沟通不多，却与画外的观者直接相关，这种画法十分有趣。三是人物旁多注明姓名，多半来自古代小说的人物绣像吧！

一下子尽览了朱仙镇年画的精品，我正为自己庆幸不已，

◇河南朱仙镇年画《三女侠》

但交谈中获知它的现状，心情又变得懊丧。朱仙镇年画虽然久负盛名，但由于中原地大一马平川，历来战乱不已，加上黄河不断的洪灾肆虐，古版遗存无多，总共不过百十种而已。而这些画版的一部分，还是由上海鲁迅博物馆转借和摹刻来的，这还幸亏鲁迅先生酷爱朱仙镇年画！近年来，时代变化，木版年画已无应用市场，人们注重经济实利，尚不能从文化上认识到它的价值，于是在历史的传衍中，因一时无人承接而摔落在地。

这次看到朱仙镇年画，只算一种侥幸吧。仅仅是由于这里碰到一次多年不遇的"外事任务"，临时做些支应而已。过后，古版会再次被幽禁到库房中去。如今这里擅长木版印刷技术的人已寥若晨星。老人已老，刻下只有一位名叫徐辉的年轻人，手艺精熟。倘若这个任务完成后，在充满诱惑的商品大潮中，谁知他将奔往何处？被现实无情扔下的朱仙镇年画，只有等待将来的有识之士重新将它珍惜地拾起。到那时还会遗存多少？

回津后忽然接到当年朱仙镇年画店的负责人任何林的电话。我到开封时，他不在。他说他为保护朱仙镇年画奔波两年，碰壁无数，但仍不死心，问我该怎么办？我说："先守住，守住这些遗存！"说完之后，忽觉好笑。"守住"这词儿好像是战场上的用语。

二、进了博物馆的武强

车子驰过河间府，北方的寒天冻地将它的灰褐色平匀地涂在冰冷的车窗上。漠漠原野，偶有小树，也早被朔风捋尽了叶子，举着一束束冻僵了的枝条，傻乎乎立着，不知躲避。我想，这样幽闭的华北腹地，曾经如何会成为给予方圆数百里的人们以精神安慰和文化娱悦的年画之乡？

也许是由于朱仙镇年画的现状给我的触动太深，返津数日后，便奔往这里看看武强的今日。

一进武强县，一座方形的、巨大的、略略带点北方传统民居特征的建筑物竖立面前，居然是一座年画博物馆。潍坊的杨家埠年画博物馆是四合院式，小巧玲珑；这里的博物馆，却似一座现代城堡。武强有多少年画，需要这庞然大物？

记得六十年代我在画家孙其峰先生家见过一张武强木版年画《屎壳郎推粪球儿》。孙先生一边大谈这画，一边大笑不已。我头次见到武强年画，深为其直率、真切和浓烈的乡土气息所震动！此后所见无多，以为该地年画规模有限。今日一见，谁料五彩缤纷挤满这座博物馆，更挤进我的眼中的竟是这般的辉煌！

中国各地年画的题材，它无所不包；各地年画的品种样式，它无所不存。仔细比较，它尤为突出的是窗花和灯方。这两种版画都是印在薄而白的绵纸上，都借助于光。窗花借助日光，灯方借助烛光。华北一带平原风大，窗棂木格较密，这种巴掌大小的彩印版画贴在窗纸上，一格一张，日光透彻，五彩生辉，如同霞光满窗，极是好看。灯方是糊在灯笼上的彩画，由于河北民间重视正月十五的灯节，灯方在武强年画中便占有较大比重。这种灯方多是历史或戏剧内容的单幅故事画，画上有谜语，内容与画无关。这样，既为年节平添兴致，也是民间启蒙和传播文化的一种寓教于乐的手段。

武强年画给我强烈的印象，是农民真率的情趣。那种猴戏内容的年画充满农民的诙谐和幽默；那种讽刺官场中削尖脑袋苟且钻营的尖头群相，显示了农民的机智与辛辣；那种描绘对异国想象的《万国山海精图》，三头六臂，熊头狗面，极尽怪异，表现了特定时代农民的无知与天真、保守与浪漫，真是意趣无穷，远比以写实为主的杨柳青年画更具想象空间。至于那些戏曲题材的图画，也与杨柳青年画迥然殊别。杨柳青的戏曲画人物穿金戴银，锦绣满身，分明城市豪宅的堂会场面；武强的戏曲题材却是地道的乡间草头班搭台唱戏，鲜活高亢，响亮逼人。武强年画没有杨柳青擅长的手绘，多用套版印制，红蓝黄绿四色，对比炽烈分明。线条简朴，版味十足，具有北方农民那种粗豪爽朗的气质。如果说，杨柳青年画是民间艺术都市化的典范，武强年画则是乡村风格最迷人的代表。杨柳青的版画趋向绘画化，武强年画却始终保持着深深扎根于泥土之中那种清新永在的原生态。其稚拙古朴的版味，各地年画都无可比拟。

武强年画从神像、窗花、灯方、贡笺、条幅，到扇面、连环画、升官图、纸牌，几乎包揽了旧时乡间的一切文化生活。它既是农民生活天地完完整整的再现，也是农民七情六欲和理想世界的绚烂图像。我们几乎从中可以找到旧时农民的一切，你说武强年画的这笔财富有多大？

由于画版是木质的，易于损坏，使用消耗大，一块版一直用到"平槽"（线条磨平），也就扔掉了。所以现存最早的武强古版当属明代中期。此地年画在清代乾嘉年间达到鼎盛，当时镇上最繁华的南关大街，鳞次栉比都是年画作坊。人们把印好的画儿用木轱辘车推到遥远的京都，用船经滏阳河和大清河运抵天津，用包袱背到山东和河南。武强年画博物馆还保留着当年卖画的小贩，从北京返回到武强时，一路按照地名而编唱的"路线歌"，从中可以想见当年长途贩画的情景以及武强年画的盛况。

近世，中国各地木版年画渐渐为胶印画所取代。"文革"中被视为"四旧"，从各家各户查找古版，一车车运到县城烧掉，破坏可谓彻底！幸亏有一批有识之士，收珍寻宝，居然汇集到年画两千余品，艰辛之巨，可以想见。然后于1991年建起这座博物馆。至此，劫后残珍，得以永存，比起朱仙镇年画，武强可谓幸甚也。

武强除去博物馆，还有一家小小的专业出版年画的出版社。武强年画博物馆自开馆以来，隔年举办一次年画节，至今已办两届。虽然平日来馆参观者很少，每有外地人来武强探亲访友，武强人必引来参观，以此为荣。可以深信，现在人们视钱为贵，将来必定视画为宝。武强人现在做的，应说是颇有远见的。

三、今日杨柳青

腊月二十三日,我依旧跑到年画之乡杨柳青。年年如此,年年此情,此情难却,此情何情?今年在镇上一逛,未免怅然。在那些火爆的拥挤的花花绿绿的酒摊、烟摊、食品水果摊之间,卖年画的出奇地少。偶有,除去木版刷印的"缸鱼"之外,多是胶印彩印的风光、美女、宠物、明星和异域众生。还有印在塑料膜上的豪华的财神与门神,不看便罢,一看便知木版年画已近消亡了。

这消亡是我早已预知的。我就是想看它怎么逐渐地失去,听着民间年画这绚丽的一曲究竟怎样地终了。

前几年,在这镇上还能买到农民手绘的年画,整开的雪莲纸,粉彩绘成,艳丽明快。诸如《农家忙》《阖家欢乐过新年》《全神图》和《五大仙》。据说这是镇外一位七十多岁老妪的手绘。画风稚趣天然,并极具民国时期的风格。我深知日后便会绝迹,每年必买一些,除去馈赠挚友,余则珍藏起来。再有,便是一位近八十的老翁撂地设摊卖画,所卖三种皆古版制品,一是《穆桂英大破天门阵》,一是《收陆文龙》,一是最富年味的《喜迎新年》。年年老翁都说所印无多,劝我多买。我知他人老力怯,不会多印,这种原汁原味的古版年画已属罕见之珍,去年便包买尽净。今年在镇上走来走去,那老妪的手绘年画不见了,也找不到那老翁的身影。愿他老人家长寿,只是无力卖画在家享受清福吧!他究竟是最后一个把旧年画送到尽头的人……

我终于看到旧年画的终点。一个彩色的历史无声无息地完结了。我站在镇上热烘烘的人群中,陡然感到一种年意的失落和文化的空白。

年画作为一种自生自灭的应用艺术,终究因时代变迁而变为历史。但它一旦变为历史,反过来又会成为一种历史文化形态,永远闪烁那时代独有的、不可替代的异彩。在它由一种现实的应用价值转变为一种历史文化价值的过程中,最容易被忽略、被丢弃、被泯灭。文化,不只是站在现在看过去,还要站在明天看现在。

所幸各处都有一批卓有见识之士,注重对古版年画的保护、挖掘、收藏、整理和研究,其中杨柳青年画做得最具影响。从博物馆收藏、古版复制到专家研究，杨柳青年画已被尊崇为中国民间文化的珍宝。"连年有余"的图案渐渐被世界公认为中国的一种民族符号。前几年，天津兴办首届中国年画节暨中国年画研讨会，为年画文化的弘扬推广助力。杨柳青年画已然名扬天下，时下常常走出国门。此中的遗憾，便是缺少一座专门的杨柳青年画博物馆，故而大批古版珍品积存库中，难见天日，日久必损。我忽然想起七十年代初，因公常常出差芦台。那里也是杨柳青年画的产地之一，得以结识民间艺术家张宗泽先生。从他那里获知芦台年画古版多被用来搭盖鸡窝猪圈；或因版面凹凸，洗衣时正好做搓板使用。我便尽力收集。一次听说，一家留存一块古版，竟是义和团保卫大沽口的画面，索价五元。当时手头窘迫，未能买到。过后再去，才知那家人把画版刨平，改作切菜的案板了。我听罢悔恨不已，悔恨的当然是自己。

错误不在于别人的无知，而在于自己虽然明白却不力争。如今的文化人再莫失去这历史的机会，多挽救和保存一些文化，为了祖先也为了后人。

甲戌腊月二十四日于津门

贺兰人的唱灯影子

一个唐代的罐子放了上千年,如果不碰它,总还是那个样子不会变;可是一种戏一种舞一种民俗艺术就不一样了,甭说千年,就是经过百八十年,因时而变因人而变因习尚而变,就像女大十八变那样不断地改变,甚至会变得面目全非,你说京剧、时调、年画、清明节近百年有多大的变化?这便是物质与非物质文化遗产最大的不同。物质遗产是静态的,非物质遗产是动态的,传承的,嬗变的。在这动态的演变过程中,对其影响最直接的是传人。

传承人最大的特点是水平有高有低。如果这一代艺人禀赋高,悟性好,甚至还有创造性,家传的技艺便被发扬光大;如果下一代天赋低,悟性差,缺少才气,水准便一下子滑坡滑下来。有些地方的民间艺术尽管名气挺大，一看却颇平庸，便是此理。为此，看各种民间艺术当下的水准，也是我重要的考察点之一。由此而言，如今贺兰人的皮影——唱灯影子就叫我喜出望外了。

我国的皮影遍及各地，唱腔各异，材料不同，各有各的称呼。诸如北京的"纸窗影"、湖南的"影子戏"、福建的"皮猴戏"、甘肃陇原的"牛窑戏"、黄河流域的"驴皮影"等等；宁夏的贺兰人则叫它"唱灯影子"。这"唱灯影子"的叫法非常形象。首先是"唱"，戏是唱出来的，"唱"就是演戏；然后是"灯影子"，皮影戏不是人直接演的，而是借助灯光把羊皮或驴皮雕刻的戏人照在布单上的影子来演。瞧，贺兰人多干脆，用"唱灯影子"四个字儿就把它说得明明白白。

皮影的表演有在室内也有在室外。皮影要用灯光，在室外必须要等到天黑下来才能演；室内就好办了，不管什么时候，只要拿东西遮住窗子，再吊一条白被单（一称"布幕"，贺兰人称之为"亮子"），后边使光一照，便可开演。看戏的人坐在布幕前边，演戏的人在布幕后边。

演皮影戏的人不算少，拉弦、操琴、司鼓、吹号、碰铃、伴唱等等，至少得七八个人一同忙。但主角是站在布幕后边正中央的"师傅"。他主说主唱，两只手一刻不停地耍着皮影，同时兼演全戏所有角色。戏的好坏全看他的了。

我每次看皮影，都要跑到布幕后边瞧上几眼。因为那些在布幕上神出鬼没、又哭又笑的灯影子都是在后边耍弄出来的。严严实实的布幕后边总是充满了神秘感，给我以极大的诱惑。

今儿主演这台戏的师傅是贺兰县无人不知的金贵镇潘昶乡的张进绪，所演的戏目叫作《王翦平六国》，说的是秦代名将王翦辅助秦始皇横扫六国、统一天下的故事。这个故事现今很少有人知道，是张进绪从他父亲张维秀手里原原本本接过来的。张维秀在三十多年前就已去世，如今张进绪也已六十开外；个子矮矮，灰衣皂裤，头扣小帽，神色平和，然而他往布幕后边一站，立时好像长了身个儿，一员大将似的，气度不凡。

布幕后边的地界挺小，不足一丈见方，叫拉琴击鼓的乐队坐得密不透风。布幕下边是一条长案，摆着各种道具；其余三面是竹竿扎成的架子，横杆上挂了一圈花花绿绿、镂空挖花的皮影人。张进绪这些皮影人儿和全套的乐器，都是祖上一代代传下来的老物件，摆在那儿，有股子唯老东西才有的肃穆又珍贵的气息。尤其这上百个皮影人，生旦净丑，一概全有。好似人间众生，都挂在那里等候出场。但他们不是被无序或随意挂在那里的，而是依照着出场的前后排次有序。别看他们面无表情，神色木然，只要给张进绪摘下来在布幕前一耍，再配上锣鼓唢呐，以及那种又有秦腔又有道情又有当地的山花的腔调，便立时声情并茂地活蹦乱跳，眉飞色舞，活了起来。

身材矮小的张进绪一旦入戏，便有股子霸气，好似天下事的兴衰，戏中人的祸福，全由他来主宰。后台是他的舞台。他略带沙哑的嗓子又唱又说又喊又叫，两只手把一桌子的皮影折腾得飞来飞去。看他的表情真像站在台上唱戏演戏一般，给我以强烈的感染。但在布幕那一边，却早化成戏中一个个性情各异的灯影子了。

当我回到布幕前边，坐下来细细品赏，便看出他演唱的高超。他不单唱得味儿如醇酒，大西北的苍劲中，兼有黄河滋育的柔和；那些灯影子的举手投足，则无不鲜活灵动，神采飞扬，而且居然能随着说唱和音乐的节奏，摇肩晃脑，挺胸收腹；甚至连同手指头也随之顿挫有致。一时觉得，这唱不是张进绪唱，分明是灯影子在唱。于是，灯影、乐声和剧情浑然一体。如今

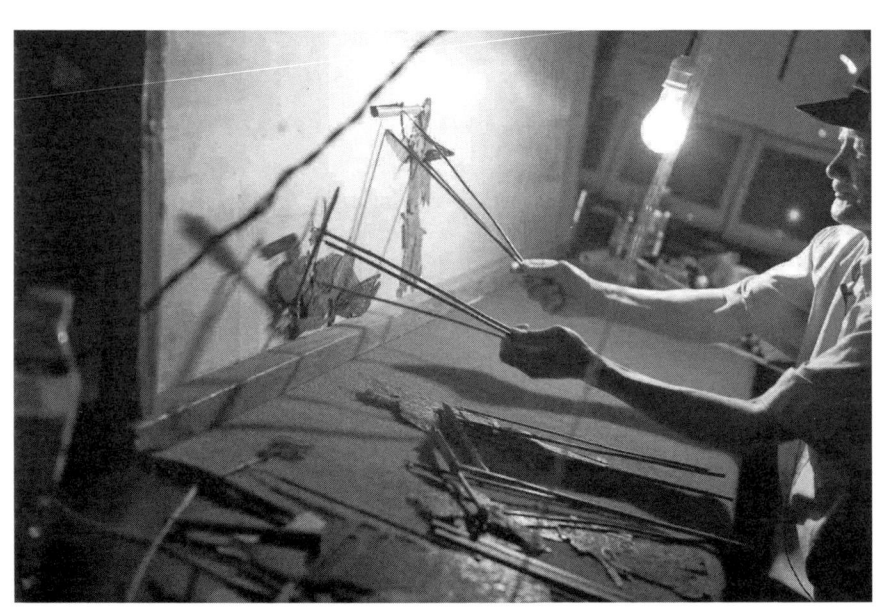

◇张进绪老人把皮影人舞动得上下翻飞

的贺兰还有多少人有这种功夫？

据说，此地的皮影是一百多年前由一位名叫赵小卓的满族人从陕西带到宁夏来的，后来由贺兰县几位颇具才情的村民接过衣钵，继承发扬，在皮影制作、演唱风格上融入本地的文化与气质，深受百姓热爱。昔时，交通不便，钱太少，戏班子很难深入到穷乡僻壤。老百姓便用这种简朴又优美的影戏自演和自娱。这应是一种原始的"影视艺术"。这种"唱灯影子"不单在贺兰县这一带扎下根，成了气候，影响还远及银南、隆德、盐池和内蒙古鄂托克旗等地。据说，当时传承赵小卓皮影戏的有刘派（刘有子）和张派（张维秀）两家。但刘派后继无人，人亡而歌息；张派却传了下来。难得的是今儿的传人张进绪的禀赋依然很高，又深爱这门古艺，所有家传皮影和演奏器具都好端端保存至今。时下，逢到各乡各村举办节庆或喜事的时候，都会请他去演出助兴。届时，他弟弟、妹妹、孩子全是伴唱奏乐的成员。如今这种家庭化的影戏班子，已经非常罕见，传承人的水平又如此之高，真叫我们视如珍宝了。

于是，我扭头对坐在身边的贺兰县的县长低声建议，要全力保护好张家的皮影戏。一是要在经济上贴补传承人的后代，保证其薪火不断。二是设法将张家的老皮影保存起来。演出使用的皮影，可以到陕西华县按照本地的老样子定制一批新的。希望县里考虑给张氏皮影建个小小的博物馆，保存和见证贺兰人"唱灯影子"的传统。三是为张家皮影多创造一些演出机会，使其保持活态。四是把皮影送进当地学校，送进课堂，培养孩子们的乡土文化情感。

话说到这里，忽见白晃晃布幕上，秦将王翦向敌军首领掷出手中宝剑。这宝剑闪着寒光，在布幕上飞来飞去。一时，锣鼓声疾，唱腔声切，气氛颇是紧张与急迫，忽然哐的一响，飞剑穿透敌首脖颈，顿时身首异处，插着宝剑的首级在空中停了一下，然后"啪"地掉在地上。这一幕可谓触目惊心。满屋看客都不禁叫好。我忽想到：

这么好的贺兰人的"唱灯影子"，可千万别只叫我们这代人看到。

2009.8

倒提金灯曲

　　冒着清洌的春寒,这已是第三次来廊坊了。自从与市歌舞团合作舞剧《神灯》,我最顾虑的是,这些整天生活在现代社会中的编导们,如何能进入晚清那时代的氛围里,别把红灯照搞成娘子军。于是,我们请来民俗专家和"天津通"讲述当年的市井风情,还一起到娘娘宫、吕祖堂、望海楼教堂、归贾胡同口的黄莲圣母设坛处去寻访古迹,但在这沉寂冷落的遗址上,怎样感受那个慷慨悲壮、生气勃勃的时代?忽然听说廊坊地区发现了义和团乐曲。

　　初到廊坊时,那里对刚刚发现的这一绝无仅有的近代农民运动的极其珍贵的音乐史料还在保密;香港报纸以惊奇之情做出反应,但内地很少有人听到这乐曲。在我们恳求之下,也只能听采录质量不高的录音。但这乐曲给我们的印象强烈又独特，它一下子把我们拉到那遥远的、神秘的、壮烈的时代中去，这样凄苦、激越、悲壮。为了再一次加强这感受，我们接二连三往廊坊跑。诚意感动了廊坊文联的同志，我们终于来到这乐曲的发现地——杨税务公社军芦村大队，并请到了那里的民间音乐会为我们演奏。

这是间宽敞而朝阳的土房。我们爬到大土炕上，音乐会的乐手们来了，手拿着鼓、镲、铙、钹、笙、管、云锣等。他们大都七十岁开外，是些和善淳朴的老农，脸上满是深深的皱纹，高高矮矮坐在几条条凳上。这个音乐会遵循着百年来自定的规条，红白喜事不吹，花钱雇请不吹，只在正月十五前后和农闲时，义务为乡亲吹奏，作为一种纯音乐的享受。谁想到，在这被视为文化落后的乡野之间，反有这种高雅的事？这种不卖钱的音乐？

这音乐会当年的会头叫冯兆来，擅吹一只小管，闹义和团时做了大师兄。带着本村团众参加震惊中外的廊坊大捷，截击西摩尔率领的一支八国联军入京。同时他还指挥着音乐会为团民吹歌助威。他把流传在华北农村的民间乐曲，根据内容的不同,改造后,分别用在义和团操练、作战、祭祀等不同场合。还有一支《倒提金灯》曲,是红灯照姑娘排刀上法时用的,尤使我们高兴。这好像是为我们创作《神灯》而发现的!

如今这音乐会的成员,大多是当年义和团乐手们的子侄。所用乐器也是当年义和团民们使用过的。那敲裂的云锣和磨光的笙管,令人遐想万千。旧黯残损的古物总给人一种发人沉思的历史感。

他们的吹奏以《巧跳神》开始。震动心弦的牛皮大鼓一响,马上把我们带到义和团气势威严的阵地里。跟着,随同这铙钹笙管的合奏,恍惚看到团民们迎着飞蝗般的洋枪子弹拼死前冲的情景。尤其是那只九孔小管,声音凄苦、艰涩、尖厉,好像带着尖儿,直往人心里钻。那吹管的是个矮胖的老农,倒梨样一张脸,由于用力吹而两腮球一般鼓起;他闭着眼,似乎已沉浸在音乐里,那涨红的脸、紧锁的眉心,含着浓重的悲苦与烈性的激愤,仿佛勾起中华民族受屈辱的岁月里全部的苦楚与磨难!我已禁不住热泪满眶,回头一望,同来的作曲家张春和幽暗的眼镜片后面,已然莹莹闪亮。这情景使我久久难忘,以至于在最近发表的中篇《神鞭》中,写出那吹歌会绰号"青头愣"

刘四的形象。

《倒提金灯》曲,分明使我们看到红灯姑娘们活动的神奇壮美的一幕幕了。我问他们红灯照为什么要倒提灯?因为我翻遍有关红灯照的史料,也没有红灯照怎样提灯的记载。一位名叫杨继昌的老人说,冯兆来曾告诉他,由于红灯照活动在夜间,灯在身后,人影晃动,远看就像神仙了。这可是个意外的收获。我想到舞剧,心有所动,便对身边的舞剧总导演王堃说:

"《丝路花雨》有个'反弹琵琶'……"

不等我说完,王堃目光灼灼,声音因激动而略略抖颤地说:"咱们就来个'倒提红灯'……"

这时,我放心了。我们的编导们已进入那时代的气氛中。对于历史题材,进入那时代,也就真正而自由地进入创作了。

1984.9.21

一个古画乡的临终抢救

临终抢救是医学用语,但在文化上却是一个刚刚冒出来的新词儿,这表明我们的文化遗产又遇到了新麻烦。

何止是新麻烦,而且是大麻烦。

十多年来,我们纵入田野,去发现和认定濒危的遗产,再把它整理好并加以保护;可是这样的抢救和保护的方式,现在开始变得不中用了——因为城镇化开始了。

谁料到城镇化浪潮竟会像海啸一般卷地而来。在这迅猛的、急切的、愈演愈烈的浪潮中,是平房改造,并村,土地置换,农民迁徙到城镇,丢弃农具,卖掉牲畜,入住楼房,彻底告别农耕,然后是用推土机夷平村落……那么,原先村落中那些历史记忆、生活习俗、种种民间文化呢?一定是随风而去,荡然无存。

这是数千年农耕文化从未遇过的一种"突然死亡"。农村没了,文化何有?皮之不存,毛将焉附?无皮之毛,焉能久存?

刚刚整理好的非遗,又面临危机。何止危机,一下子就鸡飞蛋打了。

那么原先由政府相关部门确定下来的古村落呢?

只剩下一条存在的理由:可资旅游。很少有人把它作为一种历史见证和文化财富留着它,更很少有人把它作为文化载体留着它;只把它作为景点。我们的文化只有作为商业的景点——卖点才有生路,可悲!

不久前,我挺身弄险,纵入到晋中太行山深处,惊奇地发现连那些身处悬崖绝壁上的一个个小山村,也正在被"腾笼换鸟",改作赚钱的景区。这里的原住民都被想方设法搬迁到县城陌生的楼群里,谁去想那些山村是他们世世代代建造的家园,里边还有他们的文化记忆、祖先崇拜与生活情感?然而即便如此,这种被改造为旅游景区的古村落,毕竟有一种物质性的文化空壳留在那里。至于那些被城镇化扫却的村落,则是从地球上干干净净地抹去。半年前,我还担心那个新兴起来的口号

"旧村改造"会对古村落构成伤害。就像当年的"旧城改造",致使城市失忆和千城一面。

然而,更"绝情"的城镇化来了!对于非遗来说,这无疑是一种连根拔,一种连锅端,一种断子绝孙式的毁灭。

城镇化与城市化是世界性潮流,大势所趋,谁能阻遏?只怪我们的现代化是从"文革"进入改革,是一种急转弯,没有任何文化准备,甚至还没来得及把自己身边极具遗产价值的民间文化当作文化,就已濒危、瓦解、剧变,甚至成为社会转型与生活更迭的牺牲品。

对于我们,不论什么再好的东西,只要后边加一个"化",就会成为一股风,并渐渐发展为飓风。如果官员们急功近利的政绩诉求和资本的狂想再参与进来,城镇化就会加速和变味,甚至进入非理性。

此刻,在我的身边出现了非常典型的一例,就是本文的主角——杨柳青历史上著名的画乡"南乡三十六村",突然之间成了城镇化的目标。数月之内,这些画乡所有原住民都要搬出。生活了数百年的家园连同田畴水洼,将被推得一马平川,连祖坟也要迁走。昔时这一片"家家能点染,户户善丹青"的神奇的画乡,将永远不复存在。它失去的不仅是最后的文化生态,连记忆也将无处可寻。

我们刚刚结束了为期九年的中国木版年画的抢救、挖掘、整理和重点保护的工作,才要喘一口气,缓一口气,但转眼间它们再陷危机,而且远比十年前严重得多,紧迫得多。十年前是濒危,这一次是覆灭。

我说过,积极的应对永远是当代文化人的行动姿态。我决定把它作为"个案",作为城镇化带给民间文化遗产新一轮破坏的范例,进行档案化的记录。同时,重新使用十五年前在天津老城和估衣街大举拆迁之前采用过的方式,即紧急抢救性的调查与存录。这一次还要加入多年来文化抢救积累的经验,动用"视觉人类学"和"口述史"的方法,对南乡三十六村两个重点对象——宫庄子的缸鱼艺人王学勤和南赵庄义成永画店进行最后一次文化打捞。我把这种抢在它消失之前进行的针对性极强的文化抢救称之为:临终抢救。

我们迅速深入村庄,兵分三路:研究人员去做传承人与村民的口述挖掘;摄影人员用镜头寻找与收集一切有价值的信息,并记录下这些画乡消失前视觉的全过程;博物馆工作人员则去整体搬迁年画艺人王学勤特有的农耕时代的原生态的画室。

通过这两三个月紧张的工作,基本完成了既定的目标。我们已拥有一份关于南赵庄义成永画店较为详尽的材料。这些材料有血有肉,填补了杨柳青画店史的空白;而在宫庄子一份古代契约书上发现的能够见证该地画业明确的历史纪年,应是此次"临终抢救"重要的文献性收获。

当然,最重要的还是我们亲历了中国城镇化背景下农耕文化所面临的断裂性破坏的严峻的现实。面对它,我们在冷静地思考——将采用何种方法使我们一直为之努力来保证文化传承的工作继续下去。

应该说,这是我们面对迎面扑来的城镇化浪潮第一次紧急的出动。这不是被动和无奈之举,而是一种积极的应对。对于历史生命,如果你不能延续它,你一定要记录它。因为,历史是养育今天的文明之母。如果我们没了历史文明——我们是谁?

一、如雷轰顶

辛卯腊月廿四日,春节迫近,寻个空隙,提两瓶酒,奔往城西张家窝的宫庄子，去看看画缸鱼的艺人王学勤。近十年里已经记不得多少次去到他家。那黄泥墙围着的小院、生气盈盈的藤萝架、散着特殊气味的牲口间和幽暗的画室，那种贫穷又亲切的生活气息，混合着大红大绿炽烈的年画色彩，一直不变地在我心里。可是这次车子一纵入张窝镇往南乡那些林岗沟汊交错的小村子，感觉似乎有些异样，有一种一时说不清的不舒服的感觉。是光秃秃的冬天里那种凄凉感吗？应该不是。记得曾经一次还是大雪中来到这里呢，大地白茫茫，河沟里全是坚冰，但一接近这些画乡即刻感到一种乡土文化的温馨。今天怎么了？

见到王学勤，他的神气似乎也不对。写作的人对人总是多一些敏感。近几年快到年根的时候，他的缸鱼画卖得好，他总是龇着牙笑，可今天脸上像是门帘子那样肃然地垂着，脸的皱纹全是竖线。没等我设法叫他说出实情，他开口便说："村里叫我们搬走，年一过这村子就全拆了。"对了，他是有话就说的人。他的话叫我一惊，真有如雷轰顶的感觉。我知道拆这村子对他意味着什么。

"那你这儿怎么办？"

"我有嘛办法。卖牲口、卖草料、卖东西,走人呗。我正找房子呢。村里给每户每月六百块租房钱。"

"那你的画打算怎么办?"

"哪还顾得上画,房子还没租到呢。村里只给六百块租房钱。这点钱租不上房呵。"

那怎么办?这灾难性的困难也像是加在我的头上。

但我没蒙。因为这些年我遇到得多了。我们的文化不断遭遇到的都是非正常死亡。

跟着我听他说南乡这片村子全要斩草除根,一起推平,而且就在这两三个月里。我马上想到还有南赵庄那个著名画店"义成永"的传人杨立仁呢。电话一联系,南赵庄那边果然也在"城镇化"之列,也面临灭顶之灾。电话那边说,老人很想和我见一面。他已经八十八岁了。

匆匆暂别王学勤,赶紧转向南赵庄。一路上的景象已经颇有当年城市的"旧城改造"的气氛。一片片村舍全都变成瓦砾,不少树木被横七竖八压在建筑的碎块下边,显示着一种突如其来的力量之威猛与势不可挡。我们在这片完全不辨方向、没有任何道路的废墟上磕磕绊绊地向前行驶。忽然眼里出现一幢房子，它立在一片废墟中。一问方知，正是杨立仁老人的住所。完全无法与我原先对它的印象重合——十年前隐匿在那条曲折的深巷中幽静的院落不在了。现在老人的房舍远远看去更像一座孤零零的碉堡，弹痕累累兀自立着，有一点悲壮感。据老人说他家人坚持不拆。刚刚在屋外，还见墙上写着"此房不拆，勿扰"几个字，肯定是他们写上去的，表达他们的意志。但他们的话有用吗？待往深处一谈，他们对自己的"决心"似乎并无多大信心。在城镇化面前他们是绝对的弱者。老人说他不愿意离开祖祖辈辈"义成永"这块土地。这里深藏着他生命的记忆，这便是中国人说的"故土难离"了。但是他又说，上世纪六十年代搞"四清"时，他在屋子当中掘了一个坑，埋了一些古画版，他一直想挖出来。虽然时间很久，半个世纪了，可能早已朽烂；但只要画版在土里，人就总惦念着。如果人走了，不能把祖先精神的骨灰留在那里。倘若叫别人用推土机平地时发现了，可能就给扔了，也可能卖了。那怎么办？看来这件事是老人的一个心病。

在折返回去的路上，我心情郁闷中有些伤感。实际上我们致力抢救出来的民间文化，并没有多少人真心去维护。私人遗产后人争，公共遗产大家抢——这便是当代人的"遗产观"。而且，在人们从这些"遗产"上或名或利地各取所需之后，它依旧孤立无援。只是等待着一个个由经济利益驱动的狂潮迎头袭来，无力招架，任其冲垮。

我想，此刻我应做些什么？

南乡，毕竟曾经是杨柳青年画的一半江山，一块神奇的土地，一片"家家能点染，户户善丹青"的画乡。

我可是这个画乡衰亡时期的见证人。

这个见证人既是幸运的，又是痛苦的。所谓幸运，是我终究看到农耕文明真正又美丽的活态；所谓痛苦，是我眼见它们所遭遇的各种不幸和一步步走向消亡的全过程，却无能为力。

近二十多年，我看着它从"文革"的死亡谷中一点点苏醒过来的景象，一次次跑到这一带探访昔时的文化遗踪，并在十年前"中国木版年画普查"启动时，带着一个专家小组到这"南乡三十六村"搜寻一遭，居然查访到四位艺人，即古佛寺的董玉成、房庄子的房荫枫、南赵庄的杨立仁和宫庄子的王学勤。我把这些收获与感知写进《三地年画目击记》《南乡问画记》《探访缸鱼》等多篇文章中。在当时，这四位艺人中董玉成年事已高,封笔不画;房荫枫已搬到张家窝镇新盖起来的公寓式的楼房里,改画国画。至今,依然生活在本乡本土的只有两位,他们就是上边说的画缸鱼的王学勤和"义成永"的传人杨立仁了。他们是数百年这个神奇的画乡的"硕果仅存"。可是现在他们遭遇到一次更大的冲击,被一场"城镇化"的狂风卷走,无处躲藏;这个名垂于中国文化史上的古画乡将被夷为平地,了无遗迹。我们是否应该为它做一个人类学的记录,以此个案见证时代转型期间民间文化悲剧性的命运?我们要一直坚守在田野第一线,做事件的亲历者,亲眼看着一个个古老文化生命从奄奄一息走向一片虚无,并在最后一刻挖掘它所有富于价值的东西。

忽然,我联想到前些年对天津估衣街的抢救、老城和五大道的抢救、武强屋顶秘藏画版的抢救等等。那种抢救的激情仿佛一直昂然地存于心底,召之即来。我立即兵分三路:一路人马是摄影,邀请多年来一直志愿随我做文化抢救的摄影师王晓岩和段新培,以镜头记录王学勤一家搬迁的全过程;另一路人马是我学院的研究人员与博士生,去做杨立仁的口述史,同时筹备发掘"义成永"古版的行动;还有一路人马去与王学勤商议,把他的小画室原封不动地搬迁到我学院跳龙门乡土艺术博物馆里，将这位农耕时代民间画工原真的文化情景定格。

事情比我们的计划来得更快更糟。过两天就得知王学勤把跟了他二十多年的骡子卖了，卖了四千块钱。我在电话里对他说：

"你平日耕地、拉东西全都是这骡子帮你。你怎么忍心把它卖了呢？我还和你这骡子合影过。"

"哎呀，老冯，这你哪知道，往后我不种地，住楼了，骡子不能上楼呀。再说，我也得用钱呵。"

还不知道他那里明天还要出什么事。我决定明天去他家。

转天去宫庄子的路上，听说王学勤出门不在家。后来才知道，这个看上去大大咧咧、凡事不走心的汉子，头天晚上一夜没睡着觉，他想他的骡子了。他去找买他骡子的牲口贩子，叫那贩子从他家里拉些草料去，他怕他的骡子饿着，但赶到贩子家，人不在，骡子也没见着，只看见那贩子当院一棵拴牲口的树下，有一堆骡子粪。原来那头骡子当天就被转卖给外地人了，卖到哪儿谁也说不清，就像我们的文化。

我马上返回学院，研究下边要赶紧着手的事，正在急得手忙脚乱的时候，一位来做绘画方面采访的记者，急着想把我拉进他的话题,问我:"您为什么这么在乎南乡和那个画缸鱼的艺人呀?"

我忽想,我要先拿这个问题问问自己,弄得再明白一些,下边的事情就会办得清楚,有力,不留遗憾。

二、为什么关切三十六村

南乡是对杨柳青镇南张家窝一带村落的俗称。一称"镇南三十六村"。

它包括炒米店、周李庄、南赵庄、薛庄子、董庄子、张家窝、康庄子、房庄子、东流城、古佛寺、宫庄子、阎庄子、小甸子、大沙窝、下辛口、中辛口、东碾砣嘴、西碾砣嘴、西马庄、谢庄、祁庄、郑庄子、西琉城、高村、老君堂、后桑园、木厂、宣家院、小杜庄、大杜庄、小沙窝等,多是小村子。在历史上不断更改的行政区划中,这些村子的管辖归属也不断被更改。如今这"三十六村"中,十六个村属张家窝镇——这十六个村当年都是杨柳青年画的原产地;还有其他一些小画乡则散布在邻近的中北斜乡和上辛口乡所辖的区域中。

别小看这三十六村,历史上可是著名的杨柳青年画的生产与销售的中心之一。杨柳青镇与南乡三十六村的年画是有区别的。一些历史悠久、驰名全国的年画大店在镇上,比如戴廉增、齐健隆、廉增利、爱竹斋等等。这些大店集中了大量雕版和手艺高超的画师,常年不断地进行年画的创作、生产和销售。年年还有层出不穷的精美的新年画出自镇上这些大店。由于杨柳青畿近京津,受城市文化影响,审美上倾向于市井文化。

杨柳青镇南不远的三十六村则是另一番景象。这里才是名副其实的农耕时代特有的画乡。由于地势平坦低洼,河流(现称丰产河与自来河)自西向东穿过,地下水充裕,宜种小麦玉米,养鱼植果;这里盛产小枣,又多蒲苇;枣木可以雕版,蒲草是造纸的天然材料,都是年画滋生的上好条件。杨柳青年画极盛时代的清代中晚期以来,许多声势赫赫的画店即已集中在炒米店村临街两侧;这个只有140户人家的小村子,年画店竟然近百家。给炒米店画店提供货源的就是三十六村的农民。不论男女老少,十有七八善画。他们春天耕地种粮,秋后作画。一些村里还有画铺和作坊,以印画为主,作坊里一般只印线版,余皆交给三十六村的农民填色描花,施粉开脸。在这些农家常常可见，一位老婆婆带领着全家闺女媳妇舞弄丹青的场面；所谓"婆领媳作"就是从这三十六村来的。

三十六村里一些较大的作坊，除去本乡农民，忙时还要请武强等地的印画工来帮工。比如南赵庄的"义成永"和周李庄的"华兴隆"与"福兴隆"，在炒米店都有店面。

炒米店村地处要冲，津保故道从中穿过，使得它成为杨柳青年画得天独厚的集散地。从清初到民国初年的二百年，杨柳青年画输送到最大的需求市场——东北和新疆、内蒙古，就从这里发运。一时，武强、东丰台乃至杨家埠也要在这里争一席之地。

谁也夺不走三十六村的农民的"优势"，不仅占据地利，而且人多势众，手艺高强；除去本地一些出名的画师如张曜临（张家窝村）、潘忠义（古佛寺村）、韩景贵（下辛口村）等等，还有众多高手深藏在这些看上去普普通通的农家村舍之中，年年新画样，就是村里的这些"高人"画出来的。

可是，历史对南乡三十六村并不公平。翻遍历史文献，也很难找到关于南乡画业的任何记载。即便在杨柳青年画史家王树村先生的著作（如《杨柳青年画画版聚散记》）里，也仅略有提及而已。可是从这凤毛麟角般的寥寥数言中,却可获知早在清末南乡画业的衰败即显端倪。先是1900年（光绪二十六年），八国联军突入杨柳青，致使古佛寺、老君堂、木厂一带作坊画版多半"被毁于火"。后来最惨烈的一次是1937年9月抗日战争期间，日军进犯杨柳青，时逢秋雨连绵，道路泥泞难行，日军便强以沿途各村画版铺路。此后，我们就找不到有关南乡画业的片纸只字了。直到上世纪九十年代出现了一篇文章，名为《杨柳青南三十六村画业兴衰记》，它看上去更像一篇田野报告，但它极为重要。作者是张茂之先生。此文在南乡三十六村日薄西山那一刻，十分及时地将南乡三十六村画业残存的状况记录了下来，看得出作者为此做了大量的调查并付出辛苦。他记下了二十多个村庄数十位知名的艺人及其师从脉络，擅长的画种、题材、技艺以及营销方式，使得南乡画业终于从历史的烟雾中现出一些生动的身影。尽管这身影历经劫难，飘零欲碎。如果没有此文，恐怕南乡就将彻底埋没在历史中。后来，王树村《中国年画发展史》中"杨柳青南乡诸画师"一节所载画师的姓名，也都出自此文。

九十年代那一阵子，我在杨柳青年画寻找木版年画时，能见到的只剩下《灶王》《全神图》《农家庄》和《缸鱼》数种。大都是信仰与应用类的年画。其中放在暗处——大概怕市场管理人员说他卖迷信品吧——有一种手绘的卷轴式的《五大仙图》，画艺老到；虽然风格是杨柳青的，然衣褶的染法和花饰的画法，竟是从高密的扑灰年画中"学"来的。我向卖画的小贩打听，据说出自一位居住在张家窝村的老妪之手，她画得不多，每年只出手数轴而已。她是一位当年从山东高密嫁到杨柳青来的媳妇吗？这引得我去暗访绘画者，一度走进那个极安静的村子，但还是在各种"摇头不知"中失去了寻找的方向。

进入本世纪，中国木版年画抢救启动，我们的专家小组，在南乡三十六村跑了一遍，只找到四位——房庄子的房荫枫，南赵庄"义成永"传人杨立仁，古佛寺的董玉成和宫庄子画缸鱼的王学勤。如前所述，房荫枫搬到张家窝镇上的居民楼中，董玉成放下印画的刷子，杨立仁也只是每逢年根儿印一些灶王"过把瘾"而已，当时还没有下一代传人；真正还在坚持年画制作与销售的只有王学勤一人。

我能为这画乡做些什么呢？

看来只有支持王学勤了。跟着来的问题是——

三、为什么关切王学勤？

在有些人的眼睛里,王学勤的缸鱼虽有乡土气味,但终究很粗。根本不能与极盛时代那些堪与工笔国画相媲美的精湛的杨柳青年画同日而语。

然而,执这种看法的人显然不知杨柳青的年画分粗活与细活。细活多为职业画工在印好线版的画页上进行手绘,由于杨柳青近及京津,受城市文化影响,趋近于国画工笔技法。特别是清代晚期一些专业的画家钱慧安、高桐轩、张祝三、阎文华等介入了杨柳青年画,更推动了这种在审美上推崇精工的细活。这使得杨柳青年画——特别是工细的手绘,在中国年画中一直占据很高的位置。

然而,杨柳青还有一种粗活,是农民的一种画艺,不尚精细,追求神采;类似中国画的写意,但又不是国画的写意画法,而是代代相传的一种程式性的画法,这种画法与效果,经过一代又一代的集体认同,便鲜明地体现此地特有的审美习惯。比如宫庄子的缸鱼,那种真率、火爆和浑厚,与静海、独流一带的缸鱼的风格就明显不同。

在王学勤的记忆中，他的手艺来自太爷，然后经爷爷王贵银、父亲王文明，直线地传到他身上。先人告诉他，太爷之上还有几辈人，但是不是也画画就不得而知了。他家的年画不止缸鱼，还有《薛仁贵征东》《龙生虎奶》《欢天喜地》《海市蜃楼》《鱼龙变化》等。但到了王学勤手上，缸鱼是其代表作。

民间艺术在传承过程中，一种传统的既定的风格可能由于传承人个性的因素发生变化。倘若传承人性情平和持重，其艺术风格就不会变化太大；倘若传承人个性火爆爽直，其艺术往往随之变得强烈与真切。王学勤天性质朴、开朗、大大咧咧和不拘小节，便在不经意中给他祖传的技艺中加入了自己一些性情上的真率与气质上的放达。

他的笔触粗犷而雄健，很少顾及细部，这就给人一种浑然天成的整体感。色彩全是原色，异常纯朴和炽烈。赤红、鲜红、翠绿、湖蓝，相互对比又相衬。由于后工业时代的艺术追求天性与非理性，因此常有人感觉他有些"现代"色彩。

在画法上他还有一些自创的东西。比方祖传缸鱼的设色为前后十二遍，一遍一色，所谓"十二色缸鱼"；这种设色的祖传法则是"红爱兰绿，黄爱水红（玫瑰红）"；但他的绿色中常常配一种俗名"鬼子蓝"的色精，蓝中有绿，特别抢眼，使画面鲜亮又有视觉冲击力。与其他的缸鱼一比，王学勤的缸鱼就会"跳"出来。

他另一个自创的画法是给缸鱼"点睛"时，不用毛笔，改用高粱秆。他认为用笔画容易死板，用高粱秆去点则有活气。这说明他追求鲜活的生命感，也正是民间绘画的特点：生命感与情感化。

更重要的是直到今天，他从没有离开过自己祖祖辈辈生活的土地，依旧按照千年来亘古不变的方式生活。日出而作，日没而息，农忙种地，农闲作画；他用老纸、老颜料、老工序、老画法；却不是自觉地保持"传统工艺"，而是他没有进入现代社会。他不过还在农耕时代种麦子、打枣、磨颜料和画画罢了。他将画纸固定在门子上的"按钉"，是用枣树枝子上的刺；他为防止门子相碰而沾污画面，则用玉米芯相隔。一切都是原生态。所以，我说他是农民年画的活化石。

自上世纪五十年代以来，六十年间杨柳青或不断地受时风的熏染影响，或受"新年画运动"硬性的改造，早就发生了质的变化，怎么可能一成不变？但是当我第一次见到王学勤的缸鱼便大吃一惊。他好像一直活在历史中，或者历史一直没有从他身上撤离，并把它鲜活而真实的一小块生命神奇地留在这"南乡三十六村"的田野里。

还有，缸鱼又是天津地区所独有的。由于海河水系充沛，天津又是九河下梢，鱼是最常见的动物，也是最重要的食物。在民间文化中，谐音是人们经常使用又喜闻乐见的手段；"鱼"与"余"同音与谐音，因此鱼的形象一直被人们作为生活富裕的象征。

缸鱼的意义远不止于此。

缸鱼在使用上还有实用的生活功能。

它通常只能张贴一个固定的位置，即水缸之上的墙壁上。

由于海河水系泥沙量大，从河里取来的水较浑浊；传统的净化河水的办法，是从河里挑水倒入缸中后，投入少量白矾，然后用竹竿或木棍搅匀。白矾有净化水的作用。在白矾的作用下，缸水中的杂质渐渐沉下，水便渐渐清亮。一旦贴在墙上的缸鱼映在缸水中的形象清晰可见，表明水已干净，即可饮用。

所以说，缸鱼有三个意义：

1.作为净化水的标准。2.满足人们过年时对富裕生活的向往的心理。3.美化与装饰,并伴有趣味性。

缸鱼是天津地区特有的地域性年画品种,也是杨柳青年画中必不可少的题材。它在历经时代变迁之后,依然活态的存在,不是一种天赐吗?

故此,自我普查中发现王学勤后,一直致力通过写文章和在对媒体的谈话中介绍他,在组织各种民艺和非遗活动中邀请他参加,希望社会认识他的价值。因为在农村开始使用自来水后,缸鱼渐渐失去了实用价值。很希望在由过去的"生活的年画"转变为将来的"文化的年画"、由功能的年画转化为艺术的年画的过程中,不会因为不理解这种艺术的文化意味和审美特征而无人问津,否则缸鱼就会消亡。

这期间如我所愿,王学勤渐渐受到人们关注。一次去宫庄子看他,听他的邻居们笑嘻嘻地说,不断有各地访者乃至海外洋人也来求购他的缸鱼。

我为他高兴,却又担心他会因此受到现代文明的冲击,为了讨人喜欢,变了自己的味儿。愈是长久的封闭环境里存活的文化愈脆弱,一旦包在外边的壳儿被打破,就会导致一种破坏与毁灭。

我这种担心一时也多余。

王学勤一如既往地拉着骡子耕地、收麦子、打枣、站在炕上印画，再到他的小画室里手绘，然后捆成捆儿，赶在年前的集日，绑在自行车后衣架上，蹬车去集上卖画。

尤使我高兴的是他的儿子开始跟他学画。原先他儿子对父辈这种乡土的绘画毫无兴趣。现在有了传承，就有了希望。我还将王学勤列为中国木版年画代表性传承人口述史的对象，并把这事交给我的学院非遗中心的一名研究人员来做，以整理他的年画记忆。谁知这本书刚刚出版，还没来得及叫王学勤乐一阵子呢，他的家乃至村子便要被"连锅端"了。

大灾难往往是空降的。

在这场决意将南乡三十六村一举荡平的所谓的"城镇化"面前，刚刚亮起来的火苗"噗"一下——变得一片黑暗。

四、为什么关切"义成永"？

2002年对南乡年画普查中，来到南赵庄的杨立仁家。那次给我印象最深的有两点：一是年近八十的杨立仁对年画情怀十分深切；二是他家是南乡历史上数一数二、颇具规模的年画作坊，藏版甚丰，在历经劫难后，残余下的几块老版如《独灶》《增幅财神》《八仙》之类，雕刻十分精美，依然可见当年其家画业所臻之高度。

杨家的老字号叫义成永。我曾翻阅各种资料，看到的最多是提到"义成永"的店名而已，别的一无所知。

在历来年画的研究上，只重画的本身，不重画的文化，故画店史是一个空白。包括戴廉增、齐健隆等这些名店，在它故人健在、记忆犹存的时期，也很少进行过调查，致使其画店的画工状况、技术讲究、制作习俗、营作方式、销售手段以及它本身的变迁史，都成了空白。

随后，一个发现引起我的兴趣，就是在杨柳青年画的产地普查中，西青区文化局马仲良等人组成专家工作小组经过三年努力，收获不菲，居然发现了为数不少、十分珍贵的古版，近四十块，皆属"细活"，极其精美，且题材齐全，包括娃娃美人、神话传说、历史故事、各类神像、吉祥图案等，还有几块是罕见的贡尖版。其中《秦琼·尉迟恭》《天仙赐贵子·麒麟送状元》《状元·天仙》和具有鲜明的民国时风的《听话匣》和《自动车》等,都称得上是杨柳青年画中的代表作。

自上世纪五十年代,杨柳青就是中国民间美术关注的重点,其遗存早已收罗殆尽,从哪儿冒出这么多经典性的宝贝?

问明方知,藏家姓杨,名仲达,是杨立仁本家的侄子。后来,从杨立仁的口中知道,光绪年间是义成永的极盛时代,由杨立仁的父辈杨永义、杨永成、杨永兴兄弟合伙经营,影响深远;逢到春节,京城各大门楼张贴的巨幅门神,多是义成永制作。民国初年,杨家兄弟分家,义成永的店号与千余块画版便由杨永兴继承。杨永兴有四子,民国中期杨永兴后代又分家,义成永便由杨立仁继承,其他兄弟也分得一些画版。此次杨柳青年画普查发现的画版就是杨立仁兄弟杨立德手中的一批家藏老版。杨立德已故,这批老版的主人便是其子杨仲达。由此说,这批版正是义成永的老版,有的版面上还刻着"义成永"的店名呢。

这样,南乡老店"义成永"便一点点变得"实"了起来。

接着,一个关于义成永的重要发现是在日本学者三山陵女士编入《中国木版年画集成·日本藏品卷》的画作中。这次发现竟有十幅之多，一律为署名"义成永画店"和"义成永本号"的年画。原先看到杨仲达所藏都是画版和线本，现在看到的已是五彩缤纷原版年画的本身了。

义成永年画的真面目看到了。

这批画绝大部分是贡尖。其中九幅为59厘米×107厘米，一幅为30厘米×51厘米线版彩绘。五幅是历史戏曲故事，有《拿白菊花》《收陆文龙》《八门金锁阵》《大破锁阳城》和《四杰村》；四幅是民俗与生活题材，有《打夯歌》《发财还家》《时来运转》和《士农工商庄家忙》；一幅是谐趣画《俏皮话图》。

画面场景都较宽阔，人物多，动态各异，景物繁盛；设色艳丽，但并不工细，多用类似国画的"小写意"画法，流水作业式的点染为主，这正是杨柳青南乡画风的特点，也是"清代中期"与"清末民初"时风的相异之处——清代中期的手绘多为工笔，民国初年多为小写意。这批义成永的年画，显然是民国初年南乡的出品了。

这批年画作品为日本早稻田大学图书馆所藏。日本学者小林邦文在《早稻田大学图书馆所藏的中国民间版画资料》中认为这批画是二十世纪二十年代到三十年代杨柳青的作品，它的收集者可能是日本学者以会津八一博士。

我认为小林邦文先生对这批画作年代的推断大致正确。

令人饶有兴趣的是，如果将杨仲达的藏版与早稻田大学收藏的年画比较来看，杨仲达的藏版较为精细，年代略早一些，应为清代晚期；早稻田的藏画，虽然所用的版不一定是当时刻的，但画风却是民国时期较典型的小写意了，略晚一些，应是民国早期作品。

我顺藤摸瓜再翻阅其他资料，在《杨柳青年画线版画稿集》中又发现三幅署有"义成永"店名的线版。这样，前后加起来，义成永连画带版的遗存，已经有六十余种了。义成永的画版有的有署款，有的无署款，还有一种画版下角只有一个长方形线框，框内空白，没有文字。这种版通常不是画店定制的，而是由刻工刻好卖给画店的，所以没有署款。哪个画店买去，把画制好，便在框线内加盖自家店名的图章。一般来说，无店名的画版往往多于有店名的画版。但我们这次普查发现了如此之多的"义成永"署款的画版，说明此店当年财力之雄厚，画业之强大。

这几天，杨家在清理院中的杂物时，意外发现一个巨型的研墨的石臼，五六百斤重。杨立仁说这正是当年义成永的遗物。多么惊人的墨汁需求，才要用这么大的石臼？

看来"义成永"的根要往深处挖一挖了。

尤其是这些年，杨家有了自我复兴的希望。杨立仁老人健在，其子杨仲民与儿媳，以及其孙杨鹏，都能制作年画了，且具一定水准，并恢复了作坊，开门授徒，并且把"义成永"这个家传的老字号也写在屋外的墙上，他们想重振家族的雄风；然而老天不帮忙——义成永和王学勤的命运是相同的，同样面临了空降下来的城镇化的当头一棒。

又一个难题摆在我们面前。

五、救活缸鱼行动

这期间的一天，走过校园水池时，一个难看的画面跳进我的眼睛。一条红色的鲤鱼不知何时跳上岸边，时间久了，已经干死。僵硬的鱼身颜色刺目，散发出阴冷的金属般的光；鱼眼空洞无物，显然对这个世界已经毫无感觉。它为什么跳到岸上，受了惊吓？不知道。但我马上联想到宫庄子的缸鱼，并有种不祥之感。

这期间，在宫庄子负责口述调查的我学院非遗中心的研究人员与博士生，还有紧随拆迁跟踪拍摄的摄影家王晓岩，全都恪守职责，而且都有珍贵的收获。王晓岩以镜头为笔，记下了宫庄子消亡前这一段日子令人惊愕的视觉日记，他有些照片很震撼。口述史注意加宽了工作面，从更多村民那里记录此时此刻的人们心理心情所思所想，并从记忆中挖掘其村落史。

像南乡这一片村子，基本属于由最初的聚落式自然村发展成的行政村，基本没有文献记载。它没有文本的历史，只有无形的口头史。口述调查便会成为其"历史"唯一的来源。

虽然此前在我院对王学勤进行口述史调查时，对宫庄子做过村落调查，但由于这次调查是"终结性"的，必须做得更加透彻与翔实。

民间传说宫庄子的居民来自山西洪洞，经静海迁移至此。村民中有宫、王、展等几姓，宫姓最大，王姓一家（即王学勤）有家谱。上世纪九十年代中期村民达180户，人口665人。种庄稼和枣树为生，收入有限，所以人人都学会印制一手好画，主要是给炒米店的名画店加工或提供货源。年画可以换来现钱，所以每至秋后，大多村民都在家中支版印画，调色挥毫，干起年画的营生。宫庄子知名的年画艺人除去王学勤一家，还有宫宝元、宫凤发、宫凤桐、宫作森等人，但其画作久已佚传，无从得见。如果我们再不详尽调查与记录王学勤，恐怕将来最多也只是一个空空的人名而已。

3月18日上午王学勤来电，说当地搬迁增加力度，他家马上要拆。

3月19日我赶到宫庄子王学勤家。他显得紧张、踌躇和无奈。一边乡里在加紧催他动迁，一边他还没有找到暂住房。我一头钻进他那个小画室，忽然往日那种魅力已然不在，好像只是待在那里，任人宰割。

我们应该马上对他伸以援手。转天便由去往他家做口述调查的人，捎去一万元钱。小小一点钱，他竟在电话里哭了半天。

这就促使我与区政府联系沟通，希望对王学勤给予照顾。我强调王学勤在当今全国各产地中皆属罕见的"活化石"，如果为这次"城镇化"过程所泯灭，辄是重大损失。3月24日这天，我的希望和意见得到区政府的认同，政府决定给予帮忙，这使我心里踏实一些了。

我忙带人去王学勤家，研究将他小画室原状搬迁到我院跳龙门乡土艺术博物馆的具体办法，而且尽快动手来做，妥善保护这一珍罕的历史文化形态。

这几天，摄影家王晓岩已经天天守在宫庄子和南赵村，拍摄下大大小小各种动迁中的景象。王晓岩自觉采用"视觉人类学"方式，存录下一切具有见证价值的信息。

拆迁的速度快得叫人喘不过气来。两天之后（26日）王学勤就要搬迁了。这两天，他在南边一个村庄租到两间土坯房。周日（27日）就要搬走。据说宫庄子村民多半已经人去房空，而且房子都已卖掉。买主当然不是买房而是买料——砖瓦和木料，买价都很便宜，而且不等人搬完，就已经提着铁镐铁锤去砸墙破屋。

我想，27日我无论如何要送一送王学勤一家。这是他与祖祖辈辈创建的家园的永别，也是与生他养他的丹青热土的诀别。在他离去之后，这个家园会立即被推土机推平。对于我们来说，这是与农耕文明自然存留下来一块原生态的文化空间彻底地分手了。

这天天气尚好，只是风大。原本这种早春的风会把冻了一冬的僵直的柳条吹软，此时却让拆迁的瓦砾堆里扬起沙土，使人不敢迎面而对。

往日进了村子好似进入一种软软和无声的梦境。从村口到道路右边王学勤那条窄巷之间的一百米的路上，大多时间只有树影笼罩，偶而才有一条狗几只鸡穿过，静静地罕见人影。此刻，村口已乱哄哄停了许多卡车，一群群人或坐或站聚在那里说话抽烟。这些都是闻讯赶来拆房买砖的外地人，也有本乡请来的搬迁人员。这些搬迁人员由于"执行公务"，显得硬气。往往来自外地折腾建材的人要和他们搞好关系才能从这大规模的动迁中得到好处。

今天车子是无法进村了。村中多家正在搬家装车，到处是人，而且谁也不管谁，都是自顾自，叫着喊着招呼着自家的人。

待进了王学勤的院子，颇有"散了架"的感觉。几间屋子里的家具物什都已搬到外边的车上，剩下的一片狼藉，全是一时弄不清是该要还是该扔的。王学勤有一种六神无主的神气，见到我上前一把抓住我的手，用他惯常的大大咧咧的口气说："不要了，全是不要的了。"

像他这样贫穷的农民，破破烂烂的东西放在一起还是个满满腾腾、热乎乎的家,一旦拆开往外搬,好像全不成样。有如美丽的鸟巢拆散全成了一堆碎枝烂草。那么他失去的是什么?他此刻有从此改天换地过上好日子的感受吗?

我忽然想到他的画室——那间小屋。

这画室已经整体地搬进跳龙门乡土艺术博物馆了。尽管是些竹筐、木凳、色罐、笔刷、门子、枣刺钉、玉米坠儿以及一些缸鱼的半成品,但它们却能立即组成农耕时代贫苦农民的罕见的一方艺术天地。

此时再入他的画室,已是人去房空,只剩下一些花花绿绿、层层叠叠数十年作画时贴在墙上的老年画。我们原想把这些墙体或墙皮也保存下来,但墙皮松脆,技术上解决不了。这些历史的遗存注定不久就要化为尘埃。我便请王学勤与我在这神奇的小屋里合影留念。王学勤明白我的意思,他去取了一张缸鱼,与我拿着画,在闪光灯里告别历史,也定格历史。这一瞬,我扭头却见他苍老的脸上一片悲哀与苍凉。

据说这几天他在村里跑来跑去,给每一户世代同村的老乡送去一张缸鱼。可能我们不懂临别时为什么赠一张画,但唯他们才是真正的艺术的知己。在数百年间,这条通红的大缸鱼不是一直在他们心灵之间游来游去吗？缸鱼是宫庄人乡情特有的载体。

他告诉我从此不再种地了，农具也全扔了，卖也没人要。自家枣树还能再收一次枣，随后连枣树也不属于他了。这些老枣树给他家结了十多辈子的枣，今后也一定像他那头骡子一样——不知归谁了。

原本隐含在这个北方汉子满脸深深的皱纹里的一种悲凉夹着怒气，此刻散发了出来。

这次来送王学勤，没想到意外还碰到两件事，印象殊深。

一件事是一位本村的宫姓人家，听说我来，拿来约三十份契约书给我看。多数是分家契约。这些写在早已变黄的薄绵纸上的古老的契约，给他用手捏着，连个纸套也没有，从中看出宫庄子的贫困。他把契约铺在炕上，一份份打开给我浏览。时间较早的竟有清代乾隆的纪年。我从一份乾隆二十七年（1762）宫家（宫鸿业与其侄宫懋勇）的分家契约中，竟然发现有"老作坊"和"画铺"的字样。当即认定这份契约十分重要，它证实了宫庄子在乾隆年间已有作坊和画铺，表明宫庄子当时画业的规模。

在现有的杨柳青年画文献史料中，从来没有任何文字性材料可以佐证此地年画具体的历史状况。此文献应是首次发现。

也正是人们在离开故土故园时，才对自己的由来进行追究。这追究不正是要抓住自己的历史吗？不是由于城镇化浪潮冲击带来的心头的渺茫与失落，才迫使人们去寻找自己在这块土地的根吗？然而，愈是寻找就会愈痛苦愈失落，因为人们马上就与这块世代生存的土地"永不相关"了。

第二件事是一位六十多岁的男子找来，向我哭诉关于修建二道爷塔却一直得不到允许的事。

我知道宫庄子关于二道爷的传说。相传清代村里一个人称二道爷（本名宫天庶）的人，鳏寡孤独一人，然而人品高尚，一生做尽好事，死了之后，村中人集体捐修一座塔纪念他。这塔后来就成了村人心中的一座有求必应的神庙。人们把当年日本人没进村来祸害人，也归功于二道爷的灵验。凡心中有事相求，便到塔前烧香祈求。我曾见过一帧五十年代二道爷塔的老照片，式样很像佛教僧人的舍利塔。这座塔在"文革"中遭到捣毁，人们一直想恢复重建，却得不到村里同意。据说这座塔的根基还在。使我惊讶的是，多少年来，人们竟然一直把塔基作为祭拜之地。

我便请这男子和王学勤领我去看。它就在村口外的道边，一道倾圮的砖墙内，野木横斜，杂草丛生，藤条纠结，中间果然一座倾圮已久的砖塔的塔基，中间几块普普通通的灰砖围起来就是一个"香炉"，里边积着厚厚的灰白色的香灰。强烈的心理需求与物质的贫困，使人们不避它的简陋寒酸。信仰心理在这里极其执着地表现着，使我受到很强的感染。

这男子含泪对我说：

"我们不就是要这一点精神吗？有它我们心里就舒坦得多！为什么不给我们？现在，我们的村子给拿去了，能不能叫我们把塔建起来。您能不能帮我们说说话。"

此时，王学勤家装满家具物什的卡车已经从身边驶过。我和坐在车子上各种物品中间的王家老小招手作别。我感受到那招手中的可怜与无奈。

由此我更明白，当代农民遇到真正文化问题时，恐怕并没人去想，或为他们去想。

他们被切断的不只是一个物质贫困的历史，还有他们世世代代积淀在那里的看不见的东西——文化与精神。他们将失去记忆，特有的文化与习俗，与生俱来的劳作习惯与天人关系，土地里的祖先及其信仰。

年画只是他们这个世界中的一个外化的细节,如果他们活生生的世界没了,这个细节也一定变得虚无。

我还应该为王学勤做些什么?

六、挖掘义成永的根

经过对义成永遗存的版与画的调查,可以确定这个画店是杨柳青南乡历史上最重要的画店之一。其他画店,如周李庄的"两条龙"——华兴隆和福兴隆早已无影无踪,现在可以实实在在抓到的只有义成永了。那么,我们最后要做的工作则有两项:一是对杨立仁进行详细的口述史调查。早在2月23日我对杨立仁进行过摸底性的口述史调查,已发现杨立仁的记忆是一个宝库。这笔记忆遗产一定含有不为我们所知的杨柳青年画史重要资料。二是根据杨立仁的要求,要对其家地里边所埋藏的老画版进行发掘。这使我想起2005年在武强南关旧城村发掘屋顶秘藏古版的那次行动。那次抢救的古版有二百多块,多数腐烂,完好的十五块,有的很珍贵;但那些古版是在屋顶上,上有油毡防雨,下边是稻草可以透气。可是南赵庄杨立仁家的这些画版是直接埋在土里的,又时隔半个多世纪,我估计多半烂掉了。然而,结果究竟如何,只有挖出来才知道;何况它一直是杨立仁老人揣在心中的夙愿。

我派到义成永杨家去做口述史的博士生王坤的口述工作十分得力。她从2月24日到3月9日对杨家三代人的口述史调查共做了五次,重点是杨立仁。由于她有滑县年画产地口述的经验,口述的宽度和深度都达到一定程度。村落史、画店义成永史、家族艺术传承史(传承谱系)、画店营销、技术诀窍,以及张贴习俗等等,都获得了可贵的资料。尤其通过杨立仁所述义成永的营作方式的调查,可以清晰地看到一个画店生动而丰盈的昔日。我看了王坤的口述材料,认为我们确实做了一件极重要的抢救工作。杨立仁是如今健在的农耕时代杨柳青画店唯一的传人。他的记忆是活的历史。我们所做的工作是把这活态的、因人而在也会因人而去的历史,通过口述转化为文本的、确定的、永存的历史依据。

我坚定地认为,口述史是非遗调查与存录最重要的方式。

但是另一件事——挖掘藏版,得需要等天气转暖一些进行。连续的口述访谈使得年近九旬的杨立仁老人有些疲倦,染上了

◇杨立仁讲解他家古版上的奥秘

感冒。于是，一直等到3月17日，杨家打来电话，决定发掘古版。我提议在午后二时发掘古版，因为这个季节里午后的温度较为暖和，杨立仁老人肯定要亲自到现场来看的。

转天午后我赶到南乡南赵庄，感到既宽阔又荒凉，邻村古佛寺已经拆平，南赵庄又搬走一些人家。只见远远的一辆鲜黄颜色的铲车停在一片瓦砾与废墟之上。原本老版是埋在一间小屋里边地底下的，这次小屋拆了，地面就暴露在外。一些好事的记者闻讯赶来。杨立仁老人已经从家里走出来，他要将一直耿耿于怀的往事看个究竟。杨立仁之子杨仲民兼营挖方的铲车司机，待他轰隆隆发动起机车，挥起铲车的铲臂，就像舞动着他放大的胳膊，很快就把地上的碎瓦乱石清理干净并着手掘地；随着他一铲铲将泥土搬上来，杨立仁的双眼紧紧盯着挖掘得愈来愈深的土坑。本来我就对发掘结果不抱希望，此刻忽见距离这里十米开外是一个养鱼的水塘。水塘的水肯定要渗入这块土地，年深岁久，埋在土里边半个多世纪的木版还不早已烂掉？

忽然，我院非遗中心的马知遥和杨立仁的家人都跳进坑中，从中拣出一些泥土般的大大小小的碎块。拿过来一瞧，果然是朽烂的画版，混在泥土的朽木中还有一些清晰可辨的红色黄色。

我扭身拿给杨立仁看，说："即便烂了，也究竟看到它了。"我这话是想安慰他。老人冷静地说："我知道它保不住，当初就是用油毡草草裹了裹，肯定烂掉了。知道它怎么回事就行了。"

我听得出这话里的苍凉。

一段伤心史就这么画上了句号。

"年画的 DNA 留在这画乡的热土里了。"我对身边几位非要我说些什么的记者讲。我看了看杨立仁老人慢慢走回房屋的背影说："这也了却了老人的一个心愿。因为，他们对祖传的东西是非常在乎的。"

这次行动的一个意外收获，是杨立仁的侄子杨仲齐为了给我看看他珍藏的那批古版，今天特意从杨柳青镇上搬了过来。这就是《中国木版年画集成·杨柳青卷》中冒出来的画版。对于今天来说，杨仲达这些珍藏似乎告诉我们几十年里烂在地下的画版究竟是什么样的。

杨家的这些古版叫我爱不释手，虽然先前已在图集中见过，然而唯实物才拥有真切的力量。这些版镌刻很深，"底"铲得干净，线条精整老到，其中一块贡尖版《空城计》，一群武士好似用笔画上去的，线条带着虎虎生气。非雕版高手，难有此作。

我随即召集在场的杨氏全家开一个会，包括杨立仁、杨仲齐、杨仲民、杨鹏等三代人。

我说："今天我们都看见了，埋在地里的版烂了没挖出来，但没挖出来也是一种收获，因为毕竟知道它是怎样了。可进一步，更加说明现在留在咱们老杨家的这批画版的重要。我在全国各地普查，还没见过哪家的家藏的画版比咱们杨家的版多，也没这么精。这些版可是祖先留给咱们和后代的，不仅是杨家的，还是杨柳青甚至是国家的。咱可得看好了，如果一散，就再也聚不到一块了。义成永可就真的彻底没了。义成永三个字到了今天实实在在就在这几十块版上了。回头我叫王坤帮你登记编号，做个资料库。不管这东西今后在谁手上，也不能叫它散了，是吧。"

我这番话得到他家三代一致认可，他们共同认可才使我放心。

这样，义成永的挖掘工作就算完成了。依我看，杨家的后人（杨仲齐和杨鹏）都有文化上的自觉，不会轻易放弃祖业和画业。这条线索和活态应该放心。只是在这城镇化的催迫下，南赵庄面临拆迁，坚持不离故土的杨家将何去何从？此时，南赵庄已停水停电,晚间没灯,更甭提电视,饮水要到别的村庄去运,而且此刻村中大半村舍已拆,遍地瓦砾,进出困难。他们能熬过今年夏日里的炎热与雨季吗?倘若顶不住,一旦搬走,数百年凝结文化的"气场"没了,这戏怎么唱法,谁听?

还是一个问号。

我们已经尽全力,把力所能及的事都做了。在"城镇化"浪潮前,我们势单力薄;即使力量再大,也只是螳螂之臂,怎么可能去阻遏"历史巨轮的前进"。我又想,还有许许多多遇到同样困境的文化的传承怎么办?

我忽接到缸鱼艺人王学勤的电话。他兴致勃勃地告诉我,西青区政府已派人来告诉他,区里将在镇上帮他解决居住与作画的实际问题。他的喜悦之情传到我的身上。我说等你搬入新居我提着两瓶酒给你去贺喜。像王学勤这样幸运的人不多,当然我们还要为他们继续出力。

2011.5.2

图书在版编目(CIP)数据

古艺 / 冯骥才著. —杭州:浙江文艺出版社,2021.6
ISBN 978-7-5339-6264-7

Ⅰ.①中… Ⅱ.①冯… Ⅲ.①散文集—中国—当代 Ⅳ.①I267

中国版本图书馆CIP数据核字（2020）第204517号

选题策划	柳明晔
责任编辑	关俊红
营销编辑	宋佳音
封面设计	水玉银文化
版式设计	吕翡翠
责任印制	张丽敏

古 艺

冯骥才 著

出版	浙江文艺出版社
地址	杭州市体育场路347号
邮编	310006
电话	0571-85176953（总编办）
	0571-85152727（市场部）
制版	浙江新华图文制作有限公司
印刷	浙江新华数码印务有限公司
开本	880毫米×1230毫米　1/32
字数	150千字
印张	9.125
插页	2
版次	2021年6月第1版
印次	2021年6月第1次印刷
书号	ISBN 978-7-5339-6264-7
定价	78.00元

版权所有　侵权必究
（如有印装质量问题,影响阅读,请与市场部联系调换）